W0356006

Orphéa Fabula

et les coulisses de Versailles

Marie Alhinho

Illustrations : Miss Paty

Poulpe Fictions

À celles qui ont été injustement condamnées.

Chapitre 1

Ou comment vivre un jour (presque) normal dans ma vie de fille (presque) normale

CRAC !

BOUM !

— HAAAAA ! ! !

Au loin, le bruit de cataclysme et le hurlement de surprise se répondent en écho.

On pourrait se croire sur un véritable champ de bataille ou, au pire, au cinéma !

Mais non : on est au supermarché.

AU SUPERMARCHÉ.

Autour de moi, les couleurs défilent : le bleu des paquets de pâtes d'un kilo, le violet des capsules de café hors de prix, le blanc évanescent des rouleaux de papier toilette. La lente valse des caddies rythme mon avancée entre les rayons, sous les douches de lumière froide.

— ... les yaourts, ce n'est plus ce que c'était ! râle une dame aux cheveux permanentés.

— À qui le dites-vous, répond sa comparse à lunettes. Toutes ces saveurs artificielles...

Quand je passe devant les dames âgées, je les vois agiter des yaourts avec indignation. Plus loin, un petit garçon escalade son siège-enfant et tente désespérément de s'échapper de sa prison sur roues... avant que son papa ne le rattrape *in extremis*. Je les dépasse et, pour poursuivre ma route, je dois slalomer entre les gens qui sont stationnés en plein milieu du rayon : un jeune monsieur à catogan brun reste planté devant différentes marques de crème, indécis.

— HAAAAAAAA ! ! !

Et puis, on entend les cris au loin. Et les *crac* ! Et les *boum* !

Je m'arrête net, me demandant si je devrais m'inquiéter de ce vacarme – et, surtout, de ce qui le produit...

mais, soudain, je les vois fuser juste devant moi – les agents perturbateurs !

Ils disparaissent aussitôt, prêts à commettre de nouveaux méfaits, mais je les ai bel et bien reconnus : Phobos et Deimos, mes petits frères jumeaux. Ce sont deux garçons aux cheveux blond-roux, aux taches de rousseur adorables et aux marinières coordonnées. Ne vous laissez pas amadouer par cette mignonitude trompeuse ! Derrière ces joues rebondies et ces nez retroussés se cachent les cerveaux les plus machiavéliques de la *galaxie* (au moins !).

Leur but ? Embêter le monde entier pour asseoir leur domination sur l'humanité...

... et surtout sur leur seule et unique sœur – *MOI*.

Est-ce que je vais essayer de les arrêter ou de les dénoncer ? Hm... non. Ça se retournerait aussitôt contre moi. Nos parents sont bien trop sensibles à leur charme : en un regard, ils sont ensorcelés – et, quoi que je dise pour ma défense, je me retrouve invariablement punie.

Si seulement Papa et Maman étaient plus lucides !

Enfin, pas trop quand même. Il ne faudrait pas qu'ils découvrent que je suis une espionne !

Bientôt sept mois, neuf jours et trois heures que je travaille pour le C.O.R.P.S., une organisation internationale en charge de déjouer les pièges des plus grands criminels ! Après une vingtaine de missions menées à bien aux quatre coins du monde, presque douze méchants de renommée interplanétaire mis derrière les barreaux et un aller-retour express en Égypte antique, Papa et Maman me prennent encore pour une élève de cinquième tout à fait normale !

Oui, vous avez bien lu : mes aventures m'ont fait voyager dans le temps.

Comme ça, en un claquement de doigts !

Que voulez-vous : on a la classe ou on ne l'a pas.

Cette aventure est d'ailleurs la raison de ma présence ici : si je me suis retrouvée à errer dans ce supermarché, c'est parce que je devais remettre le fruit de mes recherches à un agent spécial ! À présent, je peux bel et bien dire : *mission accomplie*. L'agent S-07 vient tout juste de s'envoler (sans un merci, mais passons) avec, entre les mains, une arme de destruction massive.

Heureusement, la semaine dernière, j'ai réussi à la localiser et à la mettre en sécurité avant que des personnes malintentionnées ne s'en servent ! C'est un cristal, une pierre noire à l'éclat étrangement surnaturel. Il doit être doté de pouvoirs dévastateurs, sans quoi le C.O.R.P.S. ne m'aurait pas envoyée le chercher ! Mais je n'en sais pas vraiment plus, car les agents m'en ont très peu parlé… sans doute pour ma propre sécurité.

Un groupe de petites filles passe devant moi en coup de vent et se précipite vers le rayon bonbons-caramels-chocolat. Je sursaute, perdue dans mes pensées, et je les regarde s'extasier devant une toute nouvelle gamme de colliers comestibles. Tandis que je progresse dans l'allée centrale à la recherche de Papa, je ne peux cependant pas m'empêcher de m'interroger.

Qui, dans tout l'univers, aurait eu l'idée de programmer un échange d'une si haute importance dans un magasin hyperfréquenté – et, qui plus est, à une heure de pointe ?

S-07, en pardessus et lunettes noires, n'est pas vraiment le pro du déguisement ! Pourtant, je lui fais confiance pour mettre le cristal en lieu sûr – et qu'on n'en parle plus !

Quant à moi, je vais enfin pouvoir prendre un repos bien mérité : après tout ce périple, j'ai bien besoin de vacances. L'école va bientôt reprendre et, même si je suis scolarisée à domicile maintenant, je sais que ça ne va pas être facile tous les jours !

Alors, le mois d'août, *hop* ! je ne fais rien.

R. I. E. N.

Mon programme : lire des comics sur les chaises longues de la terrasse – et c'est tout.

J'espère que Fitz a compris le message, d'ailleurs. Et qu'il aura transmis l'information !

Fitz, c'est mon chouchou. Il n'est pas agent spécial, mais c'est à lui que je parle dès que l'on m'envoie en mission. Avec son cerveau de génie et ses lubies dignes d'un vieux papi, il me fait rire ! Et puis, c'est aussi lui qui crée tous les gadgets de superespionne qui m'accompagnent lors de mes expéditions top secrètes ! Nous avons même une ligne privée, rien qu'à nous : je ne l'appelle pas avec mon smartphone, mais avec l'InstaCorps, ce téléphone qu'il a inventé et dissimulé dans un faux miroir de poche.

C'est ultrapratique : il me suffit d'en ouvrir le clapet pour voir la tête de Fitz, cheveux noirs gominés et brillants dans la lumière de ses ordinateurs superpuissants.

Tant que j'y pense, je devrais le contacter pour lui dire que S-07 a récupéré le cristal !

Je longe l'allée nourriture-pour-chien, jette un œil dans le rayon produits-d'entretien et glisse même vers la gondole papier-essuie-tout, espérant apercevoir la silhouette de Papa. Puis, comme je ne le repère décidément nulle part, je décide de dégainer mon InstaCorps.

Je reste discrète et je me dirige lentement vers le fond du magasin.

Là, quelques personnes flânent devant des écrans géants : une femme à poussette analyse les dimensions d'un téléviseur ultraplat, tandis qu'un couple de retraités débat de l'utilité d'une liseuse électronique. Leur attention est totalement focalisée sur les pixels et puis, bientôt, ils s'éloignent tous en continuant leurs réflexions comme s'ils étaient seuls au monde.

Je me retrouve dans un rayon désert, seulement habité des images silencieuses que diffusent les télés immenses. Une émission historique se multiplie à l'infini sur les écrans. Je la connais bien : c'est celle d'Octave von Strudel ! Avec son sourire amical et ses gestes énergiques, il sait toujours entraîner ses spectateurs dans le passé. Ses bouclettes se découpent aujourd'hui sur les lignes dorées d'un carrosse magnifique – je suis stupéfaite de toute cette beauté !

Moi qui suis plus *superhéros* que *princesses-en-détresse*, je ne peux quand même pas résister aux superbes détails qui décorent le château – Octave von Strudel présente Versailles, je reconnais les bâtiments et les jardins ! (Et puis, aussi... c'est écrit sur le bandeau.)

L'émission zoome à nouveau sur le carrosse et c'est sans doute la plus belle chose que j'ai jamais vue. Je suis si fascinée que je range machinalement mon InstaCorps et que je m'approche.

— Agent ZX-13, votre devoir est de servir le C.O.R.P.S. Un nouvel ordre de mission vient d'être confirmé : veuillez mémoriser le contenu de cet appel. Il sera détruit dans 120 secondes.

HEU...

Ai-je bien entendu ce que j'ai entendu ?

Je dois avoir un peu de fièvre et délirer légèrement : j'ai cru reconnaître la voix mécanique typique des appels du C.O.R.P.S. Et elle sortait directement de la bouche d'Octave !

Je secoue la tête et approche l'oreille du téléviseur, mue par une curiosité incontrôlable.

— Vous devrez retrouver les Rayons du Roi-Soleil. Agent ZX-13, n'oubliez pas : vous êtes seule. Votre devoir est de servir le C.O...

Soudain, une attraction surpuissante s'abat sur moi, me saisit et m'entraîne vers le carrosse ! Je ferme les yeux, certaine que la collision avec l'écran va être douloureuse… mais non ! Je ne ressens rien. Tout mon corps n'est qu'un immense vertige qui ne s'arrête plus ! Un tourbillon déchaîné m'attrape et je ne distingue plus rien. Autour de moi, tout est flou et, subitement, je suis projetée en avant et je m'écrase lourdement par terre.

Je retiens ma respiration un instant, stupéfaite.

Ne me dites pas que…

Mais si.

Je tâtonne et, sous mes doigts, il n'y a rien qui ressemble à un sol de supermarché. La texture rêche et bouclée s'apparente davantage à un tapis et, si vous voulez mon avis, le C.O.R.P.S. m'a encore fait le coup : j'ai été transportée dans le passé !

Je n'ose pas ouvrir les yeux pour m'en assurer (je m'autorise encore quelques secondes de déni). Pourtant, je le sais : j'ai été téléportée et pas n'importe où – dans le carrosse d'Octave.

Encore sonnée, je finis par entrouvrir un œil – puis deux – pour découvrir que j'ai bel et bien raison... et que le carrosse est loin d'être une antiquité remisée en brocante. Déjà, rien que de là où je me trouve, je ne peux que m'émerveiller de la richesse des velours brodés et des brocarts festonnés. Une débauche de falbalas, de franges et de rubans cascade au bas des deux banquettes qui se font face, tandis qu'un tapis luxueux recouvre le sol. Et là, sur les motifs floraux dont il est orné...

... deux paires de pieds chaussés de souliers lèvent vers moi un regard accusateur.

Je me tords le cou et force un sourire sur mes lèvres, mais mon charme semble ne pas opérer.

— Est-ce là l'une de vos domestiques, marquise ?

— Seigneur, non, monsieur le vicomte !

La marquise à haute perruque et le vicomte à grand chapeau me toisent depuis leurs sièges. À voir leurs expressions (entre l'effarement et la répugnance), on pourrait croire qu'une cohorte de cafards vient d'infester leur carrosse bien propret.

Ni une ni deux, la portière capitonnée s'ouvre à la volée.

Un coup de pied plus tard, me voilà jetée dehors.

Une mission qui commence donc sous les meilleurs auspices !

Chapitre 2

Où défile une longue liste de fâcheux

En mission, mes fesses en voient de toutes les couleurs.

Elles se sont déjà fait botter, rosser, claquer – autant vous dire que je suis habituée.

Aussi, je ne peux pas vraiment me plaindre quand je me fais expulser du carrosse à coups de souliers cirés ! Je vole tête la première, le nez dans la gadoue et les fesses en l'air.

Quand la voiture repart en trombe, je suis aspergée de plus belle et je n'ai plus qu'à espérer que ce masque de boue me fera au moins une belle peau (ça ne coûte rien de rêver). Sous les sabots des cheveux qui s'en vont au galop, la terre entière semble trembler... mais, soudain, le grondement du séisme est remplacé par des cris et des rires.

— C'est ça, allez-vous-en !

— Ouste, les vilains !

— Ça va, ils ne t'ont pas fait trop mal ?

Les deux premières voix sont drôlement aiguës (surtout pour vitupérer de la sorte), tandis que la troisième me paraît plus âgée. Je relève péniblement la tête, curieuse de découvrir la horde vindicative, mais c'est un monde étrangement brun qui s'offre à ma vue. Dès que j'ôte la boue de mes yeux, cependant, c'est pour découvrir une jeune fille de mon âge et, derrière elle, une tripotée d'enfants qui poursuit le carrosse en lançant des pierres sur ses décorations dorées !

Ils s'éparpillent comme une envolée d'étourneaux et certains disparaissent dans les ruelles environnantes. D'autres, au contraire, reviennent vers nous en trottinant et brandissent leurs frondes avec fierté. Leurs silhouettes se découpent sur un horizon ponctué de maisons à colombages, dont la ligne crénelée de cheminées cisèle le ciel matinal.

La jeune fille se penche vers moi et, quand elle me tend la main, de longues mèches noires s'échappent de sa coiffe pour cascader sur ses joues. Comme ceux des autres enfants, ses vêtements sont rapiécés et sa peau est contusionnée et barbouillée de boue !

Elle me sourit d'une oreille à l'autre et son espièglerie fait pétiller ses prunelles bleues.

— Je m'appelle Mine, déclare-t-elle alors qu'un cercle de visages se resserre autour de nous.

D'un seul coup, tous les enfants se mettent à hurler leurs prénoms en même temps dans une cacophonie formidable ! Je n'en attrape que quelques-uns au passage : Gustave, Renée, Allumette, Prunille... je suis ensevelie sous une avalanche de présentations ! Les petits et les grands me scrutent : qu'ils aient cinq ou treize ans, ils sont tous aussi curieux !

— Et toi, demande Mine, tu t'appelles comment ? Tu habites à Paris ou tu n'es que de passage ici ?

Elle a dit *Paris*.

PA-RIS.

LE Paris : la ville des lumières et des merveilles ! Je rêve de visiter cette ville depuis que je suis toute petite – quand je regardais encore des Disney. Aujourd'hui, j'ai fait une croix sur les princesses, mais Anastasia et l'Opéra resteront gravés dans ma mémoire à jamais.

Évidemment, au lieu des scintillements des Champs-Élysées et du faste des grands magasins, moi je suis reçue à coups de pied sur les pavés crottés.

D'ailleurs, je préfère vous prévenir tout de suite : pas un millimètre de tour Eiffel en vue.

C'est bien ma veine, tiens. Encore une fois, merci qui ? *Merci le C.O.R.P.S. !*

Me voilà donc embarquée dans une nouvelle mission, sans plus d'informations que pour la précédente. L'enregistrement n'était pas très clair, mais je ne serais pas surprise si les « Rayons du Roi-Soleil » n'étaient en réalité qu'un cristal similaire à celui qu'on m'a fait rapporter d'Égypte !

Peut-être que je pourrais commencer mon investigation auprès de la petite troupe d'enfants...

... qui attend d'ailleurs ma réponse de pied ferme !

Et qu'est-ce que je vais leur raconter ? Je dois inventer une histoire – et plus vite que ça !

Je balbutie quelques mots incompréhensibles et finis par me présenter en bafouillant. Voyant le sourire malicieux de Mine s'élargir, je préfère m'en sortir d'une pirouette et les remercier de m'avoir aidée à me relever. Les plus petits bombent la poitrine en riant, certains se félicitent mutuellement et, quant à Mine, elle m'attrape par le coude et me pousse à la suivre.

— On partait faire les courses, déclare-t-elle comme si ça expliquait tout.

— C'est samedi, pardi ! ajoute Prunille face à mon air perplexe.

— C'est jour de marché, aujourd'hui, précise Renée avec une moue timide.

— On t'achètera de quoi manger ! conclut Mine en m'adressant un coup d'œil complice.

Heu ?

Je réfléchis, le temps d'une seconde. D'un côté, il y a la mission. De l'autre, il y a... *Paris*.

— D'accord ! je m'exclame avant de me laisser joyeusement entraîner.

Après tout, explorer Paris, ça revient à récolter des informations pour la mission... non ?

À mesure que l'on avance, le soleil déverse ses rayons dans les rues étroites et chaque détail m'arrache un *woah* ! émerveillé. Nos pas nous mènent entre des maisons à colombages de trois, quatre ou même cinq étages ! Les enfants nous suivent comme une queue de comète, mais certains nous devancent pour nous conduire entre les enseignes de boutiques qui promettent monts et merveilles. On arpente les galeries et les ruelles au rythme des *splouch* ! *splouch* ! que font nos pieds quand ils s'enfoncent dans la gadoue mais, tout à coup, les pavés silencieux et immobiles laissent place à un fantastique fourmillement !

— Chaud devant !

— Viens m'aider, toi – et que ça saute !

Au centre d'une vaste esplanade, des halles tourbillonnent de bruits et de mouvements. On se cogne, on se bouscule et on s'excuse dans des allers-retours cadencés sous les arcades. Les roues des charrettes se prennent dans des ornières et les mulets se mêlent aux hommes. La fièvre et l'empressement règnent avec leur lot de clameurs, d'interjections et de rires.

Alors que Mine s'engage dans la foule, je m'apprête à la suivre… quand, brusquement, mon regard est attiré ailleurs. Entre des cageots de pommes et des sacs de farine, un chat noir au poil bien trop scintillant se fait courser par un escadron de poules enragées !

— SPHYNX ? !

Comment mon chat peut-il se trouver là ?

À ce stade, aucun doute n'est possible. Je n'ai jamais connu un animal plus froussard que mon Sphynx. Rien ne l'effraie davantage qu'un oiseau, un insecte ou même ses propres boules de poils ! Alors, quand je vois ce chat qui lui ressemble comme deux gouttes d'eau, je me précipite sur lui sans réfléchir et je me plonge dans ses yeux jaunes si intelligents…

… juste avant qu'il ne m'assène un coup de patte bien senti.

C'est bel et bien Sphynx.

Quelle ingratitude !

Mais un mouvement subit attire mon attention. J'aperçois Mine près d'un étal de mercerie, son visage marqué d'une expression de panique. Ce n'est qu'à ce moment que je m'en rends compte : autour de nous, les exclamations se sont changées en murmures.

— Gueux...

— ... mendiants...

— ... vagabonds !

Près de moi, les parisiens me lancent des coups d'œil scrutateurs, comme s'ils avaient affaire à la première voleuse venue ! Il en va de même pour tous les groupes d'enfants essaimés aux quatre coins du marché : ils échangent désormais des regards alarmés. Ils ont compris bien plus vite que moi ce qui se tramait, et c'est à mon insu que les marchands nous ont cernés !

Les yeux de Mine s'écarquillent et, soudain, un cri sinistre traverse le tumulte des halles :

— MARÉCHAUSSÉE !

À l'extérieur de la galerie d'arcades, j'aperçois trois hommes qui descendent de cheval et tirent leurs épées ! Je ne prends pas le temps de réfléchir : comme Mine, je fends la foule à toute vitesse et je cours aussi loin que possible des cavaliers armés. Je me faufile entre les tréteaux, bondis par-dessus les étals et slalome entre les marchands qui tentent de s'interposer.

Un regard derrière moi m'apprend que Sphynx ne se laisse pas distancer...

... et les cavaliers non plus ! L'un d'eux m'a prise en chasse et me talonne déjà : sa casaque au bleu éclatant n'est qu'à quelques mètres de moi ! Je redouble l'allure et file comme le vent quand, tout à coup, ma dernière échappatoire est barrée. Les enfants ont tous réussi à filer mais, devant moi, un groupe de marchands s'est rassemblé pour m'empêcher de passer.

De l'autre côté, je suis toujours bloquée par le cavalier !

Il va falloir trouver une autre idée.

Je prends mon élan, m'appuie des deux mains sur un étal et fends les airs... pour atterrir dans le dos des marchands avant qu'ils n'aient pu dire ouf ! Je n'attends pas de voir leurs réactions et je m'élance à nouveau, le cœur battant à tout rompre.

Ce n'est que quelques minutes plus tard que j'ose enfin me retourner. J'ai réussi à semer le soldat de la maréchaussée, mais je ne me risque pas à ralentir pour autant – on ne sait jamais !

C'est comme ça que, à cause d'une seconde d'inattention, je percute un mur de plein fouet.

VLAM !

Le choc me laisse étourdie ! Prise de vertiges, je lève les yeux sur un horizon brouillé de flashs de lumière. Quand ma vision s'éclaircit de nouveau, je crois rêver.

Ce n'est pas un mur que j'ai percuté...

... c'est un colosse !

L'homme fait tomber sur moi un regard étonné. Sa haute stature lui donne une autorité naturelle et, tandis que je me confonds en excuses, je remarque que ses cheveux noirs et ses yeux bleus ne me sont pas inconnus. Ce sont les mêmes que ceux de Mine !

Dans le mille : derrière lui, tranquillement installée à l'avant d'une charrette, la jeune fille essaie vainement d'épousseter son bonnet couvert de boue, puis me fait coucou de la main.

— Anselmine ! tonne le colosse. Qu'est-ce que tu as fait à cette petite ?

— Moi ? Mais rien ! répond mon amie. Elle était comme ça quand je l'ai trouvée.

D'un air dubitatif, l'étranger se tourne vers moi et demande doucement :

— Tu n'as nulle part où aller, j'imagine ?

Je hoche la tête en pensant à la maréchaussée, lorsqu'il m'invite à rejoindre Mine.

Au moment où il s'installe, j'entends mon amie murmurer :

— Ne sois pas fâchée, Maman…

Chapitre 3

Où l'on joue les bourgeois gentilshommes

À mesure que nous nous éloignons des halles, le sourire de Pernette s'élargit de plus en plus.

Pernette, je l'ai appris sur la route, est la maman de Mine…

… et elle ressemble à un géant.

Pour sa défense, elle a perdu son air terrifiant au moment même où elle m'a parlé. Elle n'a pas hésité une seconde avant de m'offrir le gîte et le couvert, alors que je ressemble encore à un monstre couvert de boue de la tête aux pieds. Nous avons grimpé à bord de sa carriole et elle a commencé par admonester sa fille d'un *tu-me-fais-honte-Anselmine*. Mais, malgré sa grosse voix et ses sourcils froncés, il perçait dans son ton davantage de complicité que de reproche !

C'est avec des fossettes aux coins des lèvres qu'elle continue de radoter :

— Vadrouiller comme ça, toute seule ! Bonté divine ! Je me suis fait un sang d'encre. Et les commerçants qui t'ont prise pour une *mendiante*… Sainte Marie, mère de Dieu, le vagabondage est interdit, tu le sais ! Et notre boutique ? Tu as pensé à la réputation de l'atelier ?

Je me recroqueville un peu sur le banc, mais Mine n'a pas – mais alors *pas du tout* – l'air de culpabiliser. J'en déduis qu'elle n'en est pas à son coup d'essai. Et là, j'avoue : je l'envie.

Si ma mère me prenait la main dans le sac, je ne m'en sortirais pas comme ça !

Pernette marmonne encore une minute, tandis que l'âne tire la carriole loin des halles. Puis, sans crier gare, elle change de sujet. Du menton, elle désigne mon petit

Sphynx (qui dort sur mes genoux d'un sommeil de bienheureux, après toutes les aventures qu'il a vécues) :

— Ce n'est pas un chat de sorcière, ça, dis-moi ?

— Heu... non ? je réponds, désarçonnée.

— « Heu, non » ou « non » ? me reprend-elle avec fermeté.

— Non.

— Très bien. On n'a pas besoin de ce genre de malheurs, par chez nous.

Sa remarque est assez sèche, et pourtant elle ne me blesse pas du tout ! Sur le coup, je trouve très étonnant qu'elle associe mon Sphynx à la malchance, mais très vite je me rappelle que les chats noirs ont longtemps été considérés comme les animaux des sorcières et des démons ! C'est sans doute ce que Pernette s'est dit et je ne peux pas la blâmer !

À côté de moi, Mine m'adresse un regard bienveillant et caresse doucement Sphynx.

Les rues continuent à défiler et le trajet se déroule dans une atmosphère plus détendue. La charrette avance au gré des nids-de-poule parisiens et nous passons les trente minutes suivantes à faire semblant que Pernette est bien monsieur Le Prat, très célèbre artisan tapissier de la rue Saint-Marcel. Je remarque alors que je ne suis pas la seule à m'être laissée tromper par son déguisement : tout le monde semble la prendre pour un homme ! Pour quelles raisons elle doit changer son apparence de la sorte, je l'ignore encore, mais je me prête au jeu avec plaisir !

Nous longeons donc la Seine, observant la cathédrale Notre-Dame et ses clochers, le pont Saint-Michel et ses commerces, puis la Sorbonne et sa chapelle... en répondant toujours aimablement aux salutations des riverains qui lancent des *bonjour-monsieur-Le-Prat* à tout-va.

À peine sommes-nous arrivées au logis que Mine jaillit hors de la carriole. Elle ouvre la porte de la jolie maison à pans de bois et guide l'âne (manifestement au bord de l'évanouissement) jusqu'aux écuries. Les *clop-clop* de ses sabots sur le pavé résonnent en écho sous le préau, puis continuent nonchalamment dans la cour.

— Bienvenue chez nous ! s'écrie mon amie. Puis elle m'entraîne dans une vaste salle, dont la fenêtre à croisillons donne sur le puits de la cour.

Mine m'offre de l'eau fraîche et de belles tranches de pain dorées, beurrées et salées, que j'accepte avidement comme petit déjeuner. Mon ventre commençait à gargouiller !

Elle verse un peu de lait pour Sphynx, qui s'empresse de venir le laper, avant de s'effondrer devant l'immense cheminée et de délacer ses souliers. Je m'invite sur une chaise, près de l'âtre, et j'observe les flammes faire danser des escarbilles quand les bûches craquent.

Je balance mes baskets trouées et approche mes chaussettes trempées du feu. Du coin de l'œil, je vois le regard de Mine s'arrêter sur mes chaussures, dont la couleur oscille entre le brun boueux et le rouge pailleté (ce qui, je le sens, va soulever des questions).

Pourtant, la jeune fille ne relève pas, mais se penche vers moi avec un air de conspiration :

— Écoute, me dit-elle sur le ton de la confidence, il faut que tu sois très vigilante. Maman a reçu un permis d'exercer au nom de mon père. Si quelqu'un venait à découvrir que ce n'est pas la bonne personne, ça lui causerait *beaucoup* de problèmes ! Tu ne diras rien, hein ?

— Bien sûr que non ! je me récrie, gonflée de fierté qu'elles m'accordent leur confiance. Mais, dis-moi, pourquoi est-ce qu'elle est obligée de faire ça ?

Là, Mine me regarde comme si j'avais raconté la meilleure blague de l'univers.

— Bah ! se moque-t-elle. Parce que c'est une femme !

Je reste stupéfaite un instant : est-ce que ça voudrait dire...

... que les femmes n'ont pas le droit de travailler ? !

Mais, avant que j'aie eu le temps de répliquer, la porte de la salle s'ouvre à la volée et la silhouette d'un jeune garçon rougeoie dans la lumière chaude du feu.

— Alors Mine, encore partie en vadrouille ?

Il m'avise à ce moment-là et, quand il se présente, son large sourire fait pétiller ses yeux.

Ambroise (car c'est son nom, croyez-le ou non) n'a que quatorze ans et est apprenti dans l'atelier de Pernette. Il m'explique aussi que, du coup, il habite dans la maison avec elle !

Dans cette promiscuité, pas étonnant qu'il sache que monsieur Le Prat est en fait *madame*.

— Il n'y a pas un rat, aujourd'hui, se plaint-il en mâchouillant un bout de pain qui traîne.

— Tu m'étonnes, commente Mine, c'est toujours comme ça, les jours de marché.

Elle se lève et ils sortent en discutant.

Moi, je suis tiraillée : d'un côté, je devrais déjà être partie en quête des Rayons du Roi-Soleil mais, de l'autre, j'ai tellement envie d'en apprendre davantage sur l'époque de Mine !

Au moment où je me décide à la rejoindre, Sphynx se campe devant moi.

— Quoi ?! je lui demande d'un ton (presque) innocent.

Il me fixe de ses grands yeux jaunes et attise en moi un sentiment de culpabilité sévère.

— Cinq minutes ! je me défends. Juste pour voir.

Je me précipite hors de sa vue et suis les voix de Mine et d'Ambroise. Je longe le préau et glisse un œil dans la pièce adjacente – celle dont la grande fenêtre en demi-lune donne sur la rue. Un bric-à-brac excentrique encombre l'atelier. Des fauteuils et des sofas attendent d'être tapissés et laissent voir leurs ossatures. Je remarque des rouleaux de soie, de velours et de brocart contre l'un des murs, tandis qu'une table de coupe disparaît sous les étoffes, les rubans et les clous.

C'est ma-gni-fique !

Mes yeux brillent à l'idée que, peut-être, un fessier royal prendra place sur ces sièges...

... mais un seul coup d'œil en arrière me révèle que Sphynx me surveille encore. Il s'est posté à quelques pas de moi et sa queue fouette l'air avec impatience. Que voulez-vous : il est toujours là pour me rappeler à l'ordre. Après tout, je dois bien m'acquitter de ma mission !

À contrecœur, je m'efface sur le seuil de l'atelier et je rebrousse chemin.

Soudain, une idée me vient à l'esprit : après avoir vérifié que personne ne me suivait, je glisse un œil dans la poche de mon jean crotté et je remarque que...

MAIS OUI !

La loupiote de mon InstaCorps clignote !

Lors de mon expédition en Égypte, tout mon matériel d'espionne avait été sacrément endommagé par une subite immersion dans les eaux du Nil. Cette fois, au contraire, je suis restée au sec. Est-ce que ça voudrait dire que tous mes appareils fonctionnent encore ?

Je me rue sur la première porte que je trouve et je m'enferme de l'autre côté – dans le noir.

Clic ! La lumière de mon InstaCorps dessine les contours d'une pièce étroite et m'offre suffisamment de visibilité pour composer le numéro de Fitz. Il apparaît, entouré de ses fidèles écrans et ses cheveux auréolés d'un clair-obscur de science-fiction.

— Ah, enfin ! s'exclame-t-il aussitôt. J'ai cru que tu avais encore détruit ton matériel !

Étant donné que c'était *lui* qui m'avait envoyée en plein dans le Nil, la dernière fois, je prends sur moi pour ne pas répondre. Je préfère rester cordiale et le laisser reprendre :

— La puce de ton portable doit être déréglée : je ne te trouve pas sur ma carte de Versailles.

— Je n'y suis pas encore !

Sur l'écran rond, je vois son expression s'affaisser. Je comprends alors que le carrosse devait se rendre au

château et que j'étais censée y rester. Je me dépêche de tout expliquer :

— Quand j'ai atterri dans le carrosse, il y avait deux nobles à l'intérieur. Tu peux me croire : ils n'étaient pas aimables ! Je n'ai rien pu dire : ils m'ont jetée dehors comme une malpropre.

Je lui raconte ensuite mes péripéties et ma rencontre avec Mine et Pernette.

— Ma chère Orphéa, déclare Fitz après m'avoir patiemment écoutée, il va falloir que tu te rendes à Versailles par tes propres moyens. La team géolocalisation est formelle : les cristaux se trouvent aux abords du château. Louis XIV, reprend-il rêveur, tu te rends co...

— *Les* cristaux ? je l'interromps en exagérant le pluriel. Il n'y a pas qu'un cristal, cette fois ?

— Non, il y en a deux ! Rho, je l'avais pourtant précisé. Je leur avais demandé d'être clairs...

Je me renfrogne à l'idée d'avoir deux fois plus de travail, mais Fitz ne relève pas. Il m'indique que nous sommes au dix-septième siècle et explique encore quelques détails, mais ce n'est que quand il s'apprête à raccrocher qu'une dernière interrogation m'envahit :

— Fitz ? Comment ça se fait que Sphynx soit là ?

— Oh, ça ? répond-il d'un air penaud. Hé bien, disons que j'ai mal calculé les données transtemporelles. Vois-tu, j'avais oublié que tu avais rendez-vous avec S-07 et j'ai, comme qui dirait, omis de supprimer l'ordre de transfert qui partait de ta télé – chez toi, là où était ton chat.

Il sourit d'un air contrit et, d'un *salut-et-bon-courage*, il a raccroché.

C'est donc en grommelant de toutes mes dents que je sors de la pièce.

Je n'ai pas plus tôt mis un pied dehors que je tombe sur Pernette, les bras chargés de vêtements blancs et bruns. Elle me les tend avec son plus beau sourire et c'est là que, baissant les yeux sur mon t-shirt de pyjama, je me rappelle que je suis encore toute crottée.

— Tiens, me dit-elle en riant, tu feras meilleure impression au théâtre avec ça.

Chapitre 4

Où les impromptus s'invitent à Versailles

Un brusque courant d'air fait frissonner la salle lorsque l'on entre.

Quelques papiers perdus sur le sol s'envolent dans un murmure frileux, tandis qu'un spectre de poussière grise s'élève entre nous et la scène du Palais-Royal. On dirait qu'il n'y a personne dans le théâtre : ni dans les gradins surélevés, ni aux trois étages de balcons décorés de moulures dorées. Cette solitude est un peu inquiétante : ça donne à l'endroit une atmosphère étrange de fin du monde ou, du moins, de ville fantôme...

N'empêche : je suis sous le charme (et ce n'est pas peu dire).

Toute la journée, j'ai suivi Mine et sa mère dans leur course à travers Paris. Pernette – ou, devrais-je dire, ce-très-cher-monsieur-Le-Prat – avait des commissions et des rendez-vous dans tous les théâtres de la ville pour des commandes. Ici, une tapisserie qui servirait de décor, là, un meuble refait à neuf pour impressionner les spectateurs...

Alors, il faut l'avouer : après les rues boueuses de Paris et les petites salles un peu plus modestes, le Palais-Royal m'éblouit au point que j'en reste bouche bée un moment.

Non pas que je sois devenue snob, tout à coup ! J'ai adoré découvrir les théâtres populaires, surtout parce qu'ils sont aménagés dans des salles... de sport ! En entrant, j'ai à chaque fois été étonnée de voir des gens jouer à la balle au-dessus d'un filet. Apparemment, ça s'appelle le jeu de paume et, j'en suis sûre et certaine : c'est l'ancêtre du tennis.

Vous imaginez la même chose, à notre époque ?

Tous les soirs, on érigerait une scène sur un court en terre battue.

Je trouverais ça *vraiment* drôle !

Mais, le Palais-Royal, je vais vous dire : ça n'a plus RIEN à voir.

D'après ce que j'ai compris, c'est l'ancienne résidence d'un très haut dignitaire de la Cour et, à mon humble avis, il n'avait qu'un mot en tête : *tape-à-l'œil*. Déjà, il s'est installé sur l'île de la Cité (ce qui est assez classe), mais ce n'est pas tout ! Les jardins qu'il faut traverser pour atteindre le palais sont aussi vastes que le quartier où habitent Mine et Pernette et, quand on pénètre à l'intérieur de la demeure, tout n'est que dorures, marbres et tentures !

Et puis, mine de rien, il a fait construire un théâtre À LUI.

Promis : quand je serai grande, je ferai la même chose.

Je me perds dans l'admiration des chérubins qui ornent les balustrades des loges, puis je renverse la tête en arrière pour examiner le plafond peint de mille couleurs chatoyantes.

Mine surprend mon air émerveillé et m'adresse un sourire en coin qui veut tout dire : madame est une habituée et ne se laisse pas impressionner !

PR

Excusez-moi du peu !

D'un signe de tête, elle m'invite à les suivre, elle et sa maman. Nous descendons vers le parterre, ce vaste espace qui sépare la scène des gradins et où les spectateurs moins riches doivent rester debout, et nous longeons ainsi des rangées de bancs abandonnés.

Sur la scène, tout en bas, un alignement de bougies éclaire l'estrade.

Je ne peux retenir un hoquet de stupeur quand, tout à coup, des clameurs envahissent la salle :

— ... elle m'a, monsieur, s'exclame une voix masculine, expliqué vos intentions et le dessein que vous avez pour elle !... et j'ai à vous dire là-dessus que vous ne sauriez rien donner à votre femme par votre testament !

— Mais pourquoi ? ! rugit un autre homme, encore caché dans les coulisses.

— La coutume y résiste ! répond le premier, tout aussi fort. Si vous étiez en pays de droit...

— Je pense que l'on devrait commencer autrement, interrompt le second, plus bas.

Sous les chaudes lumières des chandelles, les deux hommes et une femme apparaissent sur les planches de la scène. L'un d'entre eux griffonne des notes sur un bout de papier en lambeaux, tandis que les deux autres reprennent la parole plus doucement :

— Tu devrais peut-être introduire le notaire, dit la femme.

L'homme aux gribouillages relève la tête d'un air préoccupé. Il semble en transe, les yeux écarquillés et les mains tremblantes. Ses cheveux ébouriffés dans tous les sens lui donnent un air de savant fou. Il plonge à nouveau sur son papier et s'écrie d'un coup :

— Approchez, monsieur Bonnefoy, approchez. Prenez un siège…

Il se gratte le front avec sérieux et marmonne pour lui-même :

— Oui, oui, pourquoi pas. Ça pourrait fonctionner, en effet.

Puis, quand il remarque notre présence, son visage se fend d'un large sourire.

— Hé, mon ami ! Cher monsieur Le Prat, qu'est-ce qui vous amène à l'Illustre Théâtre ?

— Vous m'avez fait demander, répond Pernette d'un air amusé. L'auriez-vous oublié ?

— Mais oui, mais oui ! Tout à fait.

D'un bond, l'excentrique gribouilleur saute en bas de l'estrade et vient saluer Pernette.

Et c'est là que je l'entends.

Son nom.

LE nom.

— Monsieur Molière, je ne vous présente plus ma fille, mais voici son amie Orphéa.

Un instant, je manque de défaillir.

MOLIÈRE. EN. PERSONNE.

Il tapote l'épaule de Mine d'un geste maladroit… puis la mienne.

Stupéfaite, je le regarde échanger des banalités avec Pernette, puis s'éloigner vers les coulisses. Tout semble se dérouler comme dans un rêve brumeux et je me frotte les yeux pour m'assurer que je ne dors pas. Quand je pense que ce monsieur fébrile, à la calvitie avancée, est un génie que tout le monde étudie à l'école ! Et moi – MOI ! – je lui ai été présentée.

— Tu devrais peut-être fermer la bouche, me dit Mine en riant. Tu vas gober des mouches.

Ma mâchoire étant tombée, sous l'effet de la surprise et de l'admiration, ça me demande un effort surhumain pour la remettre en place. Je m'exécute néanmoins et Mine rit de plus belle.

Elle va s'installer dans les gradins et me demande :

— Tu es déjà allée au théâtre ? Tu as l'air de connaître monsieur Molière.

— Oui, j'y suis allée deux fois.

Dès que les mots sortent de ma bouche, je me rends compte que j'aurais dû me taire.

Je n'ai pas menti : je suis allée voir des pièces avec Papa et Maman. Et puis, quand même : Molière ! Tout le monde connaît Molière : j'ai lu *Le Médecin malgré lui* à l'école et j'ai vraiment ri ! Cependant, l'expression de Mine me révèle que ce ne doit pas être courant à son époque : elle m'observe comme si j'étais une toute nouvelle personne. Elle qui connaît l'envers du décor, elle n'en revient pas.

— Tu étais dans les loges ?

Je m'assois à côté d'elle comme si de rien n'était et je hausse les épaules.

— Maman m'a expliqué que les femmes ne peuvent pas assister aux représentations dans le parterre, reprend-elle. Quand on habitait à Nantes, elle était déjà passionnée de théâtre, mais elle devait se déguiser en homme pour y aller. C'était beaucoup trop cher d'être au balcon et personne ne l'aurait laissée acheter une place pour le parterre !

Elle remarque mon étonnement, et ajoute :

— Je ne sais pas d'où tu viens mais, ici, les soirs de spectacle, c'est de la folie ! La plupart du temps, les gens regardent à peine ce qui se déroule sur la scène. Les nobles discutent et échangent des ragots dans les loges et, dans le parterre, les petites gens concluent des affaires, mangent et se tapent même dessus, parfois ! Ce qui se passe au théâtre reste au théâtre, c'est ce qu'on dit. Ça peut très vite devenir complètement immoral, à ce qu'il paraît. Tu imagines, toi, être une femme dans tout ce bazar ? Ce serait l'horreur absolue.

— Et ton papa ne l'aidait pas ? je demande, toujours aussi intriguée.

— Oh, mon père, soupire Mine avec un regard triste. Il est décédé quand j'étais petite.

Tout à coup, je me sens bête d'avoir été trop curieuse et intrusive : mon cœur dégringole dans ma poitrine, mais Mine se ressaisit vite et me rassure aussitôt :

— Ne t'en fais pas.

Elle serre ma main dans la sienne et nous nous consolons ainsi un petit moment.

— En tout cas, reprend-elle, on a dû partir après son enterrement. Maman et lui étaient très connus dans le milieu et les gens avaient fini par apprendre qu'elle s'habillait en homme pour aller au théâtre. Ça lui avait déjà valu des embêtements et ça ne s'est pas arrangé quand elle est devenue veuve : tout le monde voulait qu'elle se remarie et lui mettait une pression affreuse ! Elle a refusé d'épouser quelqu'un d'autre, mais c'était impossible pour elle de s'installer à son compte… donc on a déménagé à Paris et c'est là qu'elle a pris une autre identité.

On reste silencieuses un moment, toutes les deux.

Les informations commencent à s'imbriquer, dans ma tête, et je finis peu à peu par comprendre que la maman de Mine n'a pas eu beaucoup de chance – et c'est surtout parce qu'elle est une femme. Elle doit donc contourner les diktats et faire comme elle peut.

L'admiration que j'ai pour elle s'accroît de minute en minute.

Je la sens presque peser dans l'air.

C'est à ce moment-là que Pernette réapparaît – mais sans Molière. Elle s'approche de nous d'un pas allègre, presque sautillant, et la joie qui l'illumine rayonne dans la salle sombre.

— Monsieur Molière veut m'engager pour sa nouvelle pièce : *Le Malade imaginaire* ! Il la présente devant le roi pour les Grands Divertissements et il veut que je travaille sur les décors. Doux Jésus, béni sois-tu ! Je vais enfin exercer à Versailles !

— On vient avec toi ! s'exclame Mine en bondissant de son gradin.

Pernette reste muette une seconde, comme si elle ne s'y attendait pas.

Moi, je peux vous dire que je m'y attendais : j'allais dire *exactement* la même chose ! C'est ma chance d'aller au château et de me mettre en quête des cristaux !

Mais on dirait que Pernette n'est pas de cet avis :

— Non, je ne crois pas, rétorque-t-elle.

Mine m'adresse un regard en coin. Un regard qui dit : *moi, je crois bien que si*.

D'une façon ou d'une autre, nous voilà parties pour Versailles.

Et moi, dès demain, je serai enfin sur la trace des Rayons du Roi-Soleil.

Chapitre 5

Où l'on fait face à quelques contretemps

— Six jours de fête ?! je m'exclame.

— Oui, oui, acquiesce Mine d'un air surexcité.

Nos voix chevrotantes s'expriment au rythme des rebonds frénétiques de la carriole.

Il faut dire que la route est des plus trépidantes ! Le petit chemin que nous avons emprunté au cœur de la forêt de Meudon est semé de racines et de pierres, qui donnent à la charrette un mouvement saccadé. En plus, ce n'est plus l'âne apathique qui conduit l'attelage, mais un superbe étalon à la robe sombre et lustrée. Il caracole avec fierté entre les arbres, sans la moindre considération pour le pauvre Sphynx qui tressaute sans s'arrêter !

Pernette a dû se résoudre à laisser l'âne aux écuries. Il était bien trop fatigué pour entreprendre cette nouvelle aventure : il faut près de deux heures pour rejoindre Versailles depuis Paris et, avec trois personnes à bord, il aurait défailli après à peine dix minutes !

Pernette elle-même est sur le point de succomber. Mine et moi, on ne lui laisse pas de répit : dès qu'elle nous a annoncé partir pour Versailles, elle n'a connu aucun repos. On a imploré, supplié, pleuré, marchandé, quémandé... jusqu'à ce qu'elle accepte de nous emmener !

Après tout, elle a été engagée pour travailler sur l'événement le plus fastueux de l'histoire...

... je répète : *de L'HISTOIRE* !

On n'allait tout de même pas rater ça !

D'ailleurs, Mine est en train de m'expliquer à quoi vont ressembler les réjouissances :

— Le roi organise les fêtes les plus grandioses. Le palais est encore en travaux, donc ce ne sera pas encore *parfait*, mais ça va être magnifique, fantastique, inoubliable ! Lors de ce genre d'événements, il invite tous les courtisans, évidemment, mais aussi des rois et des princes étrangers ! Les derniers Divertissements se sont déroulés il y a six ans, donc je n'y étais pas, mais je n'en ai entendu que des éloges. Des pièces de théâtre, des opéras, des bals... sur *six jours* !

À côté de nous, Pernette rigole mais ne la contredit pas. Je scrute son visage, essayant de comprendre si son rire est moqueur ou si Mine dit bien la vérité... mais elle est plus difficile à déchiffrer qu'un mur couvert de hiéroglyphes égyptiens !

Si les Divertissements sont aussi incroyables qu'on le dit, je vais...

MAIS ?

Soudain, le sourire de Pernette s'évanouit et ses sourcils se froncent. Je me tourne alors pour découvrir, devant nous, un magnifique carrosse couché en travers de la route.

Pernette tire sur les rênes et fait ralentir le cheval. À quelques mètres de nous, au creux d'un virage, les roues de la voiture tournent encore dans le vide. Le soleil de midi piquète ses décorations d'éclats dorés, comme autant de bijoux précieux, mais il est taché de boue ici et là. La portière a été arrachée et gît au milieu de la route. Quant aux chevaux, ils ont disparu.

Nous échangeons un regard perplexe et, d'un signe, Pernette nous intime de ne pas bouger.

Elle descend de la carriole et c'est à ce moment-là que des cris perçants jaillissent d'entre les arbres ! Des silhouettes sombres surgissent de la forêt et se resserrent sur nous pour nous encercler. Ils n'ont rien de bandits de grands chemins, avec leurs chemises blanches au col entrouvert et leurs chapeaux de feutre. Pourtant, ils ont tiré leurs épées et menacent Pernette comme de véritables brigands ! Ils ne prennent même pas la peine de cacher leurs visages.

Et ça, ça n'augure jamais rien de bon.

Une femme à l'opulente chevelure noire s'avance vers Pernette, la dague au clair.

— Alors, l'ami, qu'est-ce que tu transportes de beau ?

Pernette, toujours sous les traits de monsieur Le Prat, ne se laisse pas intimider.

— Rien qui t'intéresse, *l'amie*. Tu n'es pas satisfaite de ta dernière prise ?

— Eux, là-bas ? fait la femme en désignant le carrosse du menton. Ouais, c'était pas mal, mais les temps sont rudes. On aurait tort de ne pas inspecter ton chargement, hein ?

Alors qu'elle dit ça, ses sbires s'approchent encore un peu plus de nous.

Aucun d'entre eux ne vient tenir tête à Pernette, qui impose le respect par sa seule stature. Par contre, ils ne se gênent pas pour soulever les draps qui couvrent le matériel empilé dans la charrette. Du coin de l'œil, Pernette les observe tandis qu'ils examinent les étoffes précieuses.

— Je vous prierais d'ôter vos doigts sales de ce brocart.

— À ta place, gronde la brigande, je prierais pour autre chose. Par exemple : *la vie sauve*.

Son ton se fait de plus en plus menaçant mais, au moment même où elle darde sa dague, Pernette s'écarte de sa trajectoire et la lame se fiche dans le bois de la carriole. La géante en profite pour saisir son assaillante et, *BAM!*, lui assène un grand coup de genou dans le ventre.

Les cinq autres pillards s'avancent vers elle pour la maîtriser, mais ils n'ont le temps de rien faire ! D'un geste vif, Pernette s'empare d'un fusil qui se trouvait caché entre les tissus et en pointe le canon vers nos agresseurs. Ils lèvent aussitôt les mains et leurs lames émettent un bruit de machine à sous lorsqu'elles tombent toutes à terre en même temps.

Ils ne nous menacent donc plus directement mais, puisqu'ils n'ont pas l'air de vouloir bouger, Pernette s'en donne à cœur joie et tire un coup vers le ciel.

Les yeux des brigands s'ouvrent rond comme des soucoupes.

D'un bond, ils se précipitent vers la femme au sol, la relèvent et s'enfuient en courant.

— Ah, soupire Pernette, je savais que j'avais bien fait de prendre mon mousquet.

Je bondis au bas de la carriole et je m'élance vers elle, Mine sur les talons.

Je la pensais blessée, ou même un tout petit peu secouée, au lieu de quoi Pernette est le calme incarné. On dirait que le brigandage n'est pas si rare, sur les routes de campagne, et qu'elle y est habituée ! Elle ne fait pas de commentaire, mais nous sourit et nous demande si ça va.

Décidément, rien ne l'atteint. Elle est spectaculaire !

Comme aucune de nous n'est traumatisée par l'attaque, nous nous tournons toutes les trois vers le carrosse que les pillards ont renversé. Alors que nous nous approchons, une tête surgit depuis l'ouverture béante laissée par la portière arrachée – puis une autre – et encore une autre !

Leurs visages sont pâles et maquillés : ils portent du rose sur les joues et du rouge sur les lèvres, tandis que des pastilles noires ponctuent leur peau ici et là. Les boucles de leurs cheveux, d'un blanc poudré, semblent décoiffées et désorganisées. Ce sont des perruques ! D'ailleurs, on peut deviner la ligne de leurs chevelures, blondes et brunes, sous les mèches artificielles !

— Qui va là ? tente de crier une voix tremblante.

Pernette ne répond pas tout de suite et se précipite vers les pauvres victimes. Avec Mine, on accourt à notre tour et on ne peut que constater les dégâts que les bandits ont causés : les décorations du carrosse sont éraflées, les tentures lacérées et les nobles tétanisés.

Ils comprennent vite que nous n'avons rien à voir avec leurs agresseurs mais, malgré tout, ils rechignent à nous faire confiance. Ce n'est que quand Pernette cite le nom de Molière (qui, apparemment, est favorisé et protégé par le roi), qu'ils se détendent enfin.

— Nous étions en route pour Versailles quand nous avons aperçu votre carrosse, explique-t-elle. Vos chevaux ont pris la fuite. Nous allons vous escorter jusqu'au château.

Les courtisans s'extirpent à grand-peine, eux et leurs très riches parures, par l'ouverture de leur voiture. Les deux hommes sont vêtus de collants et de jupes-culottes, dont les nombreux nœuds et falbalas ondulent aux genoux. Ils époussètent leurs longues vestes et redressent leurs chapeaux à plumes, tandis que la dame s'aide du bras de Pernette pour rejoindre la terre ferme. Elle lisse son épaisse robe de la main, essayant sans doute de restaurer sa dignité blessée.

— Voilà ce qu'il en coûte, s'exclame-t-elle d'un air hautain, de vouloir expatrier la Cour ! Paris n'était-elle pas une ville suffisamment confortable ? Il a fallu édifier un nouveau palais au milieu des ruines et des marais, et maintenant nous voilà la proie des brigands !

À l'entendre, on croirait que Versailles est perdu au milieu des marécages.

Moi qui croyais que le château était entouré des plus magnifiques jardins d'Europe...

... mais, tout à coup, une idée me frappe : Mine n'a-t-elle pas parlé de travaux, tout à l'heure ? Après tout, peut-être que le château est tout simplement encore en cours de construction ! Si j'ai raison, je vais bel et bien vivre un moment historique !

— Si encore nous pouvions vivre sur place, soupire à son tour l'un des deux hommes.

— Mais non ! Mon bon ami, dormir au milieu des immondices et de la vermine ?

— Si fait, ajoute le dernier des trois, avec cette maladie étrange qui se propage, ce n'est qu'une sombre mascarade que ce *Versailles* ! Mieux vaut encore rentrer à Paris le soir venu, plutôt que de s'exposer plus longtemps à ce mal qui s'insinue partout !

Les trois nobles poursuivent leur logorrhée comme si nous n'étions pas là.

Je me renfrogne et je me mets à marmotter pour moi-même, pas très contente d'être considérée comme un meuble. Mine, je le vois du coin de l'œil, ne paraît pas plus heureuse. Quand elle ouvre la bouche, manifestement prête à leur faire connaître sa façon de penser, Pernette lui donne une petite pichenette sur l'épaule qui la fait sursauter.

Nous croisons donc les bras de dépit, peu flattées d'être ignorées et, *en plus !*, en silence !

Quand Mine se tourne vers moi, un demi-sourire fait naître une fossette sur sa joue et ses yeux brillent de malice. Je l'interroge du regard, mais elle n'a pas besoin de dire un mot pour que je comprenne. Je vois presque les rouages s'enclencher dans son cerveau : elle est en train de fomenter mille bêtises pour remercier les courtisans comme il se doit !

Oh là là ! Je n'aimerais pas être à leur place quand nous arriverons à Versailles !

Chapitre 6

Où je m'assois sur les bancs de l'école des femmes

Autant vous le dire tout de suite : ça ne s'est pas *du tout* passé comme prévu.

Avec Mine, on était déjà en train de fomenter les plans les plus machiavéliques pour embêter la désagréable marquise et ses amis pomponnés. Malheureusement, c'est à ce moment précis que le cocher qui les conduisait est réapparu entre les arbres avec, dans chaque main, les rênes des deux chevaux qui tiraient leur carrosse. Un sentiment de déception nous a aussitôt envahies : comment faire des farces vengeresses s'ils ne montent pas en charrette avec nous ?

Nous voilà donc comme deux âmes en peine, sans la moindre activité pour tromper l'ennui du voyage. Nous

nous réinstallons sur le banc de bois, puis Pernette nous rejoint après avoir sécurisé l'attelage. Alors que nous repartons et dépassons le carrosse des nobles, je surprends le regard pétrifiant de la marquise du Chèvre de Sainte-Maure. Tandis qu'elle s'engouffre par la portière, dans un grand froissement de taffetas, elle pose ses yeux acérés sur Pernette...

... avant de disparaître aussitôt.

Ça n'a duré que l'espace d'une seconde et, pourtant, j'en frissonne encore quand nous reprenons la route sur le chemin forestier.

Cette méchanceté glacée... l'aurais-je tout simplement imaginée ?

Mon instinct d'espionne surentraînée m'aurait-il trompée ?

Sphynx se pelotonne contre moi comme pour me rassurer. Ce n'était pas gagné d'avance mais, de caresses en gratouilles, de ronronnements en câlins, il réussit à me faire oublier cette drôle d'impression. D'autant que, quelques minutes plus tard, la forêt s'ouvre pour révéler les splendeurs de Versailles et je me retrouve submergée par la beauté des lieux !

Je suis… éblouie.

Il n'y a pas d'autre mot !

Devant nous s'élève un palais à la symétrie parfaite : le château, d'une blancheur éclatante, s'orne de balcons rehaussés d'or et est flanqué de petits pavillons aux détails exquis. Comme je l'avais compris, l'ensemble est bien moins vaste que le Versailles que l'on connaît, dans notre vingt et unième siècle à nous. Il est encore en pleine construction !

Ici et là, je distingue clairement des échafaudages, autour desquels se pressent de nombreux artisans. Pourtant, chaque détail est un ravissement pour les yeux ! Tandis que Pernette dirige l'étalon vers les écuries, la charrette longe le portail magistral de l'un des bâtiments : les rayons dorés qui le décorent représentent le soleil – et me laissent bouche bée.

Et puis, je ne vois pas de marais ! De quoi parlaient donc la marquise et ses sbires ?

Pour ma part, je n'ai rien à redire : je suis *con-quise.*

Mine n'est pas moins sensible que moi à cette déferlante de raffinement. Pendant quelques minutes, nous ne sommes plus capables de prononcer le moindre mot : nous n'avons d'yeux que pour les jardins luxuriants, leurs fontaines magistrales et leurs labyrinthes verdoyants.

Même Sphynx semble porté par la beauté ambiante : ici, aucun oiseau n'est encore venu l'attaquer et il est libre de contempler les sculptures et les arabesques végétales.

Notre admiration n'a plus de limite...

... et n'est brisée que lorsqu'une dame s'interpose soudain devant nous.

Droite et altière, elle ne paraît pas gênée de nous avoir interrompues dans notre contemplation. Son visage légèrement poudré est moins maquillé que celui des courtisans que nous avons sauvés sur la route, mais ses cheveux blancs sont bouclés d'une manière tout aussi

élégante. Sur ses clavicules repose un collier de perles, qui frémit lorsqu'elle prend la parole :

— Bienvenue à Versailles, dit-t-elle à Pernette, avant de désigner le portail doré et d'ajouter rapidement : voici la grotte de Téthys, où sera donnée la représentation de la pièce. Vous travaillerez donc dans l'atelier (elle esquisse un geste nonchalant) avec les autres artisans. En tant qu'invité de monsieur Molière, vous serez présenté à Sa Majesté lors de l'audience des jardiniers et des architectes. Je rappelle, ajoute-t-elle alors en faisant descendre son regard d'aigle sur Mine et moi, qu'il vous est strictement interdit de croiser le roi. Vos filles seront confinées dans les appartements qui vous sont gracieusement prêtés. Est-ce clair ?

Oh, oui, très clair – et je n'ai qu'une réponse :

MERCI. MAIS. NON. MERCI.

Les yeux de Mine croisent les miens et nous nous comprenons instantanément : hors de question de nous laisser emprisonner ! Je me tourne donc vers la dame avec le plus grand sourire de mon arsenal : je suis prête à mettre mes zygomatiques au travail si ça peut me permettre d'entrer dans ce château et de retrouver les cristaux que le C.O.R.P.S. me réclame !

Il va falloir ruser et mentir, mais tant pis. C'est pour la bonne cause !

La dame ne semble pas avoir percé mon stratagème à jour. La seconde d'après, Pernette, Mine et moi sommes transportées dans un autre monde – sans même nous en rendre compte ! J'entends à peine un miaulement de protestation derrière moi avant que la cour et les jardins ne disparaissent totalement de mon champ de vision.

Entourées d'un nuage de serviteurs, nous sommes conduites à travers les stucs dorés et les meubles ouvragés qui décorent les galeries du palais. En moins de temps qu'il n'en faut pour le dire, nous atterrissons au royaume du rose bonbon : dans une suite princière, je discerne tout juste les arabesques lilas de la tapisserie et celles, cuivrées, des miroirs en pied.

À peine arrivée, je suis aveuglée par le bataillon de domestiques qui se pressent autour de moi, armés de poudres, de fards et d'onguents odorants ! Entre un *pshit !* d'eau de toilette et un *pouf* ! de poussière blanche, je me transforme : oubliée, la robe que Mine m'a prêtée, disparu, le petit tablier que Pernette m'a forcée à porter. J'ai été changée en poupée !

NOOOOOOON... !

Enfer et damnation ! Tout ce que je déteste réuni dans un seul vêtement : du rose, des dentelles et plus de fanfreluches que je n'en ai vues au cours de mes douze années d'existence. C'est lourd, ça serre et ça gratte : autant dire que je me débats pour me sortir de là !

Je cherche une faille dans le mur de serviteurs qui m'entoure – impossible ! Je tente une percée sur la gauche, puis sur la droite – rien à faire. Je n'ai pas envie de jouer des coudes et de blesser quelqu'un ! C'est à ce moment-là que retentit une voix... qui ne m'est pas inconnue :

— Allons, allons, jeunes filles ! Vous et votre père êtes arrivés dans un état déplorable : le moins que vous puissiez faire, maintenant, c'est de vous tenir correctement.

La voix onctueuse, et malgré tout sardonique, de la marquise du Chèvre de Sainte-Maure me rappelle celle de Dolores Ombrage. Ça ne me dit rien qui vaille. Les domestiques s'écartent et la laissent me toiser de haut en bas. Quand elle s'éloigne, sans doute pour intimider Mine de la même manière, l'une des servantes m'adresse un clin d'œil et pointe du menton vers mes pieds. Là, sous les festons et les ourlets de mes jupons, j'aperçois le bout... de mes baskets à paillettes ! La servante me sourit d'un air complice.

— Discrétion et modestie, reprend la marquise, voilà les vertus dont une dame de qualité doit se targuer. Personne, et encore moins les jeunes hommes, n'aime les filles indisciplinées !

Keuf ! KEUF !

Quelle que soit la personne qui m'a renversé un sac de farine sur la tête, je ne la remercie pas ! Je manque de m'étouffer et les paroles de la marquise s'étranglent dans ma gorge en même temps que la poudre. Mais, au lieu de me morfondre, je concocte un plan pour me sortir d'ici.

J'ai une idée. Le brouillard causé par la farine trouble toute visibilité. Si je ne distingue même plus les visages des serviteurs, c'est que je dois être cachée aussi ! J'en profite et je me glisse à terre furtivement. Quand j'échappe à la brume opaque, je vois tout : la marquise me tourne le dos, trop occupée à poursuivre sa diatribe, tandis que Mine est encore en train de se débattre !

Elle aussi est cernée par un véritable escadron de domestiques !

Je m'élance à sa rescousse : je me glisse entre les serviteurs, saisis sa main et l'entraîne derrière moi dans une course folle ! On entend Pernette nous ordonner de nous arrêter, mais pas question de rester ici. Ce purgatoire est dix fois plus terrible que tous les pièges d'Égypte !

— Au revoir ! je m'écrie en disparaissant dans le couloir.

— À jamais ! ajoute Mine sans se retourner.

Ce jour-là, nous le passons à braver tous les interdits.

C'est interdit d'errer dans les couloirs du palais ? Nous errons.

C'est interdit de courir dans les escaliers du château ? Nous courons.

C'est interdit d'entrer dans la chambre du roi... ?

Héhéhé ! J'ai bien dit : *tous* les interdits.

Depuis que je suis arrivée à Versailles, je n'ai qu'une idée en tête : mettre la main sur ces cristaux qu'on appelle les « Rayons du Roi-Soleil ». Alors, dès que tout le monde a le dos tourné, je m'empresse de trouver l'endroit où dort *Sa Majesté*... qui, comme je l'ai appris à l'école, a l'humilité de se comparer à l'astre solaire. Nous nous retrouvons donc avec Mine, après deux heures d'exploration émerveillée, à fureter devant le Grand Appartement.

WOAH !

Comme un bijou dans l'écrin qu'est le château, le logis du roi regorge de détails plus luxueux les uns que les autres. On y accède par un vaste salon au sol dallé de marbre de couleurs différentes. Aux murs, des colonnes et des alcôves, où se dressent des statues à la blancheur d'albâtre, me rappellent des décors antiques (romains ou grecs !). Des constellations de dorures nous entourent et, au-dessus de nous, le plafond se pare de peintures grandioses.

La seule différence avec le reste du palais c'est que, ici, les travaux ne viennent pas troubler la sérénité des lieux. J'ai en effet appris, pendant qu'on se baladait avec Mine, que le chantier du château n'est pas du tout fini et que le roi ne s'y est même pas installé définitivement : il vient vivre ici, une fois de temps en temps, mais la Cour se trouve encore officiellement à Paris !

D'ailleurs, la marquise du Chèvre de Sainte-Maure n'est pas la seule à mépriser Versailles : en chemin, nous avons entendu de nombreux courtisans se plaindre des marécages et même du palais lui-même ! À croire que ce n'est qu'un décor de carton-pâte alors que, en réalité, il a déjà toute la magnificence du château dont j'ai entendu parler en cours d'histoire !

Certes, la galerie des Glaces croule encore sous les échafaudages. Et alors ?

Quand on ne sait pas, on se tait, madame la marquise !

Rien que de penser à cette personne exécrable et moralisatrice, je croise les bras d'un air furibond. C'est à ce moment-là que Mine m'attrape par le coude pour me montrer quelque chose : contre le mur en noir et or, le petit meuble étrange qu'elle désigne du doigt éveille aussitôt ma curiosité. En bois précieux et de forme concave, il se compose d'un nombre incalculable de fins tiroirs et, de part et d'autre, il est flanqué de deux vitrines.

— Le Cabinet de Raretés ! murmure Mine dans un souffle. Maman m'en a parlé !

Elle fait glisser l'un des tiroirs, qui révèle une pièce d'or ouvragée, tandis que je m'intéresse davantage au coussin de soie exposé dans l'une des vitrines. Bizarrement, rien ne repose sur le tissu satiné, mais un creux dans le coussin le démontre assez bien : il servait à présenter un objet très précieux, qui n'est plus là ! Cependant, avant que j'aie pu en tirer des conclusions...

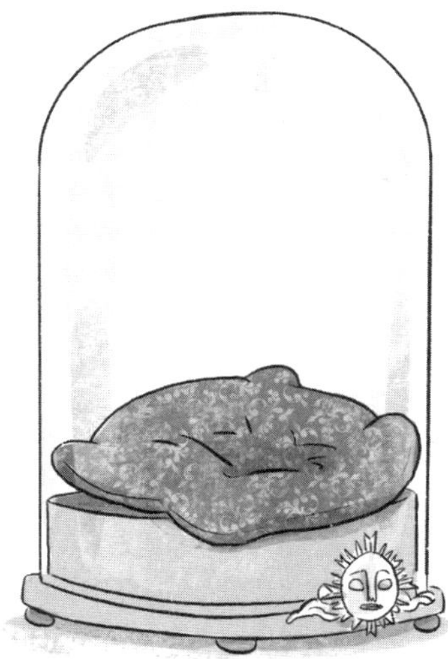

— GARDES ! AUX VOLEURS ! ! !

Oh, non ! Pas encore !

Ni une, ni deux, je prends mes jambes à mon cou, Mine et Sphynx sur les talons.

On fuse à travers l'antichambre, on glisse sur la rampe de l'escalier en construction, on poursuit notre course à travers le labyrinthe de Versailles. Gauche, droite, gauche, on emprunte tous les détours pour échapper aux gardes, dont on entend les pas résonner sur le sol ! On doit être de l'autre côté du château quand on s'autorise à s'arrêter pour reprendre notre souffle.

Ici, les corridors fourmillent des allers-retours de femmes en noir.

Des religieuses !

Et, à ce qu'on comprend, plein de gens malades se trouvent derrière cette porte.

Certainement ceux dont parlaient les nobles du carrosse.

Chapitre 7

Ou pourquoi l'on enferme les malades imaginaires

— J'estime qu'ils seraient mieux traités à l'Hôtel-Dieu.

— Sœur Colombe, vous n'y pensez pas ! Pour être entourés de pauvres mendiants et de ladres incurables ? Les courtisans ne survivraient pas à une telle déchéance.

— Je comprends bien votre argument, mais que pouvons-nous faire, ici ? Leur état a empiré entre hier et aujourd'hui, et le nombre de cas a redoublé depuis ce matin ! Le château n'est pas approprié pour traiter leur condition. Versailles est, pour sûr, la demeure du diable... !

— Vous avez entendu la Mère Supérieure comme moi : le médecin ne s'oppose pas au déplacement des malades, mais leurs familles refusent qu'on ne les voie dans cet état ! S'ils devaient être transportés chez eux, cela reviendrait à les exposer publiquement...

Quand les nonnes passent devant nous, je me tapis contre le mur et Mine fait de même.

Leurs longues robes noires chuchotent autour de leurs chevilles, tandis que les perles de leurs chapelets cliquent et claquent au rythme de leurs pas. On ne voit presque rien de leurs visages, sous leurs voiles sombres, et leurs cous disparaissent derrière d'épaisses coules blanches.

Elles s'éloignent dans un murmure d'étoffe et passent l'angle du couloir.

Aussitôt ont-elles disparu que nous nous introduisons dans la salle, Sphynx en première ligne.

NOM. D'UN. BIGOUDI.

Dites-moi que c'est une blague ?

Les mots me manquent. J'ai du mal à croire au spectacle qui se déroule sous mes yeux !

Une dizaine de religieuses se pressent entre les

murs froids d'une ancienne chapelle et, tout au bout de la nef, un immense crucifix fait tomber un regard réprobateur sur l'assistance. Entre les allées interminables de lits à baldaquin, une foule de patients mêle les robes de chambre blanches au bataillon de nonnes en noir. Les courtines, même quand elles sont tirées, ne parviennent pas à dissimuler les ombres étranges de ces malades pas comme les autres…

Parce que, des malades, il n'y en a pas !

En tout cas, moi, je ne les appellerais pas comme ça !

Pas de morve ni de croûtes, pas plus de toux que de reniflements : rien de ce qu'on peut espérer trouver dans un hôpital digne de ce nom ! Par contre, les patients sont bien plus intéressants : ils gesticulent, chahutent, sursautent, bondissent, se grattent les fesses, rotent et pètent et hurlent des gros mots (que je préfère garder pour moi, vous ne m'en voudrez pas).

Les yeux écarquillés, je les dévisage avec incrédulité.

Je prends les devants, curieuse de découvrir cet hôpital pas comme les autres !

Le plus naturellement du monde (mes talents d'actrice, que voulez-vous), je fais ondoyer les falbalas de ma nouvelle robe entre les montants des lits – entretenant encore une étincelle d'espoir : celle d'apercevoir des écorchures sanguinolentes ou des infections purulentes...

... mais rien.

Rien de *rien*.

Sphynx étend ses longues pattes nonchalantes devant moi, ne m'adressant un regard de temps en temps que pour acquiescer : où sont donc passés les malades dont tout le monde parle ?

À mesure que l'on remonte la nef, des courtisans excentriques vont et viennent dans les allées. L'un d'entre eux s'interpose devant nous pour déclamer un poème dans un élan lyrique, une autre traîne des pieds en se décrottant le nez, tandis qu'un troisième s'évertue à vanter les mérites d'une potion exceptionnelle... comme s'il était devenu un véritable marchand de foire !

— Doux Jésus !

Derrière moi, Mine étouffe un hoquet de surprise.

Je regarde furtivement derrière moi. À quelques pas de là, deux nonnes sont postées de part et d'autre d'un lit et tentent coûte que coûte de retenir une femme à la peau parcheminée. Les cheveux de l'aristocrate, blancs sans être poudrés, témoignent de son âge : elle doit bien avoir quatre-vingts ans ! Pourtant, elle se redresse rapidement sur son matelas et se met à sauter à pieds joints, son teint si radieux et son air si heureux qu'elle semble illuminer la chapelle !

En la voyant si rayonnante, je n'ai qu'une envie : me joindre à elle sur son trampoline !

Cependant, je préfère me retenir : je ne voudrais pas qu'on me retienne ici à vie.

Après tout : qui sait ce qu'il advient de ces patients déconcertants ?

Je soulève mes jupons et me rapproche de mon amie pour lui demander tout bas :

— Pourquoi est-ce que ces gens sont enfermés ?

— Je n'en ai pas la moindre idée ! répond-elle en promenant des yeux encore déconcertés sur les aristocrates. Je ne pense pas qu'ils soient prisonniers, mais tu as raison : ils n'ont pas l'air libres d'aller où bon leur semble. En tout cas, une chose est sûre : c'est la première fois que je vois des courtisans agir de la sorte ! D'ordinaire, ils suivent l'étiquette à la lettre !

J'écoute avec attention tandis que Mine m'explique ce qu'est l'étiquette. Si je comprends bien, c'est une succession de règles (longue comme le bras) qu'il faut suivre si l'on veut vivre à la Cour. Parler comme ci, marcher comme ça, faire telle révérence, porter tel chapeau...

Oh, là, là ! J'ai le tournis rien que d'y penser !

— C'est aussi une façon pour les nobles de renforcer leur statut les uns par rapport aux autres, complète Mine. Si l'un d'entre eux est choisi pour servir personnellement le roi, par exemple, c'est qu'il s'est distingué et qu'il a été favorisé. Au contraire, si un courtisan est relégué ou oublié, c'est qu'il n'a plus les faveurs du roi et ça peut être très grave pour lui...

D'accord, d'accord. Je comprends mieux, maintenant !

Ces aristocrates, eux qui doivent d'habitude se prêter au jeu de l'étiquette et être parfaits en toutes circonstances, paraissent être à présent totalement déconnectés de cette réalité. Ils ont perdu prise avec les règlements scrupuleux de Versailles et sont donc cachés par leurs familles. Ce n'est pas très drôle : il ne faudrait pas que le roi les voie dans cet état !

Parce que, en fait, ces gens tout à fait excentriques sont... *tout à fait hors la loi.*

— PESTE !

Soudain, un cri strident me rappelle à la réalité.

À l'autre bout de la nef, sous l'ombre austère du crucifix, une nonne s'époumone. Un mouvement de foule traverse la chapelle : les autres religieuses accourent vers elle, tandis que les courtisans, surpris dans leurs rêveries, s'écartent d'elle avec terreur.

Mais ce n'est pas ça qui me fait ouvrir de grands yeux.

En entendant la nonne hurler, j'imaginais déjà un monstre effrayant – MAIS NON !

— Peste soit de ce chat ! Animal du malin ! OUSTE !

C'est Sphynx qui a déclenché ce vacarme incohérent !

Si je ne l'ai pas remarqué tout de suite, c'est qu'il s'est réfugié au pied d'un lit. Irrité (ou terrifié, qui sait avec lui) par les invectives de la religieuse, il est posté aussi loin d'elle que possible, ses yeux jaunes exorbités et son poil noir plus hérissé que jamais.

Je me précipite vers lui pour le rassurer mais, alors que je le prends dans mes bras, un déluge de protestations pleut sur moi. Les nonnes font corps contre Sphynx. À les voir, regroupées en bouquet comme des petites filles effrayées, on dirait que ce n'est plus un chat...

... mais l'incarnation du mal absolu !

— *Quid dicistis... ?* Oh, là... mes sœurs, du calme... !

Sous le haut crucifix, une porte décrépite s'ouvre dans un grincement. La lumière claire des larges fenêtres

se déverse sur une silhouette frêle, à la chevelure clairsemée et aux yeux laiteux.

— Est-ce qu'un vieux médecin ne peut pas travailler dans le calme de son office, demande-t-il d'une voix grêle, sans être dérangé à tout bout de champ… ? *Ceteris silentium fuit…*

De son épaisse robe noire un peu trop courte dépassent des souliers à boucles, tandis que son cou ridé disparaît derrière une fraise trop large pour lui. D'un air las, il redresse son chapeau conique, avant de retourner d'où il est venu en marmottant entre ses dents.

Le médecin n'a pas plus tôt refermé la porte que les regards réprobateurs des nonnes se dardent à nouveau sur moi – et, surtout, sur Sphynx ! Elles se signent, leurs chapelets de perles à la main, nous ordonnent de déguerpir et s'empressent de s'éloigner.

Mine s'approche pour réconforter Sphynx, qui ronronne de plaisir sous ses caresses.

— Mon pauvre petit, lui chuchote-t-elle en enfouissant son nez dans son pelage sombre, tout le monde te prend pour un chat de sorcière. J'espère que tu n'auras pas d'autre problème.

Autour de nous, les religieuses ont fini par reprendre leurs tâches habituelles, mais certaines nous lancent encore des regards de travers. Avec Mine, nous en avons assez vu : il est temps de nous en aller avant que la situation ne dégénère à nouveau. Mais c'est à ce moment précis que je surprends une conversation qui m'électrise de la tête aux pieds :

— ... et avec les cristaux qui ont disparu !

— Oh ! Sœur Blandine, vous ne croyez tout de même pas à ces superstitions païennes !

À la mention du mot « cristaux », je me suis figée comme une goutte d'eau au congélo.

Les trois nonnes se regardent en silence et la plus jeune, des boucles blondes s'échappant de sa coule, regarde ses pieds avec une expression coupable. Sa comparse la défend pourtant :

— Les Rayons du Roi-Soleil sont l'œuvre de Dieu, sœur Violine, tout comme le reste de la création. Et s'il est de Sa volonté que ces cristaux soient dotés de pouvoirs de guérison, qui sommes-nous pour en douter ? La légende veut qu'ils puissent venir à bout de tous les maux.

— Il aurait suffi, ajoute sœur Blandine, de les apposer sur le front des patients et tous auraient été immédiatement délivrés de leurs souffrances !

Je n'en reviens pas.

JE. N'EN. REVIENS. PAS.

Ici aussi, tout comme en Égypte, les gens pensent que les cristaux sont sacrés !

— C'est insensé, ajoute la plus vieille des trois nonnes. Ces soi-disant *Rayons du Roi-Soleil* sont des armes du diable pour corrompre les esprits fragiles. Et le médecin lui-même sait que ce ne sont que des fables de grand-mère ! Cette maladie ne se soignera pas avec ces cristaux.

Il ne m'en faut pas plus.

Je tourne aussitôt les talons et, relâchant Sphynx par terre, je marche sous le regard austère du crucifix

– direction : la porte par laquelle a disparu le médecin. Si quelqu'un sait quelque chose à propos de ces pierres, on dirait que c'est bien lui ! Et je n'ai qu'une idée en tête : me servir de mon accoutrement pour lui soutirer toutes les informations possibles !

Je toque discrètement à la porte délabrée et, comme personne ne répond, je l'entrouvre dans un grincement. De l'autre côté, on découvre un petit cabinet qui aurait tout à fait sa place à Poudlard : comme dans le bureau du professeur Rogue, on y trouve des fioles et des flacons, ainsi que d'étranges bocaux où grouillent des créatures dégoûtantes !

Le médecin est voûté au-dessus d'une écritoire, où il griffonne à la lumière de bougies.

Je m'éclaircis la gorge et il sursaute, alarmé.

— *Quid ?!*

— Oh, je suis désolée ! je m'exclame quand il se redresse péniblement. Je ne voulais pas vous déranger. Je suis, heu, venue rendre visite à ma grand-mère qui est malade, j'ajoute en pensant à la dame qui faisait du trampoline sur le lit. Je suis si triste de la voir dans cet état et je me demandais, si, peut-être, vous aviez en votre possession les cristaux qui pourraient la soigner.

— ... les Rayons... oh, billevesées ! déclare le médecin de sa voix souffreteuse.

Il tremble un bref instant et se rassoit lourdement sur la chaise de son office.

— La magie, ça n'existe pas... il n'y a que la médecine, oui, *optime*...

Il brasse les feuillets qui s'amassent en désordre sur son bureau et pointe le doigt sur des mots aux courbes tarabiscotées. Des dessins et des figures accompagnent le texte. Je devine une plante.

— Le quinquina, mademoiselle, pousse dans les montagnes du... du Nouveau Monde. Les missionnaires sont déjà parvenus à soigner le paludisme grâce à ses vertus… et je sais, *je sais* que nous pourrons en tirer un remède pour guérir cette nouvelle maladie…

Fascinée, j'écoute la voix grêle du médecin expliquer les qualités du quinquina.

Je n'ose pas l'interrompre pour lui parler des cristaux, qui sont la véritable raison de ma présence dans son office. Quand il finit son monologue, je m'apprête enfin à l'interroger…

… mais c'est alors que Mine s'écrie :

— Orphéa ! Les gardes nous ont retrouvées !

Et c'est reparti pour un tour.

Chapitre 8

Où les précieuses ne sont pas toutes ridicules

— Oh !

— Ah !

— Mais ! Sors-moi de là !

— Qu'est-ce que tu fais ?

— J'essaie de ne pas m'empêtrer dans ma robe, figure-toi !

Je me précipite d'un coup sur Mine, dont les volants et les falbalas se sont coincés entre les gonds d'une porte. On s'est enfuies de la chapelle à toute vitesse et, dès qu'on a pu, on s'est faufilées dans les couloirs de service pour échapper aux gardes.

Moi qui croyais que les religieuses signaient un contrat de bienveillance en entrant dans les ordres – *pas du tout* ! Elles sont très gentilles tant qu'on ne fait rien de travers, mais si on a le malheur de désobéir à Dieu, à Jésus, ou à je-ne-sais-qui, gare à nous ! La preuve : nous voilà encore en train de courir comme des dératées, jupons en mains et baskets aux pieds.

Enfin, moi j'ai la chance d'avoir encore mes baskets !

Mine, elle, fait un boucan de tous les diables avec ses souliers.

Clac ! Clac ! Clac ! Clac ! Clac ! Clac !

Ce raffut nous vaut les regards étonnés (voire scandalisés) des valets et des servantes que l'on croise sur notre passage. Plus rapides que Flèche dans *Les Indestructibles*, on fuse sous leurs nez avant qu'ils n'aient pu nous rattraper. On déguerpit dans les vastes corridors du palais puis, pour semer nos poursuivants, on se glisse dans les couloirs sombres et étroits réservés aux domestiques ! En voyant les murs en plâtre s'effriter sous nos doigts, on se

dit que (quand même !) il y a deux poids, deux mesures. Alors que le château resplendit de dorures et de marbre, les domestiques doivent se contorsionner sur de minces passerelles humides et froides.

C'est donc en râlant copieusement que l'on tente de retrouver notre chambre.

Le palais est un véritable dédale, mais j'ai connu pire dans les pyramides !

Quand on arrive devant les moulures en arabesques de la porte, on s'écrase presque dessus, haletantes et pantelantes. À l'intérieur, rien n'a changé, si ce n'est qu'il n'y a plus personne pour nous noyer sous le parfum ou nous étouffer sous la poudre ! Mine, plus essoufflée que jamais, se laisse tomber sur les motifs brodés de la belle méridienne.

Je l'imite aussitôt et m'effondre sous le dais de brocart du petit lit.

— Qu'est-ce que c'est, cette histoire de « Rayons du Roi-Soleil » ?

Mine s'est redressée sur son séant avec un grognement et darde à présent ses prunelles bleues sur moi.

Je retiens mon souffle, prise de court par sa question.

— Quand le médecin a parlé de ça, ajoute-t-elle, tu as été interpellée.

Mine ne semble pas m'accuser de quoi que ce soit, malgré l'impression que j'ai eue au premier abord. Elle paraît simplement... curieuse. Pourtant, je ne sais pas si je dois lui dévoiler mes intentions réelles. Après tout, un bond de quatre siècles dans le temps, ce n'est pas quelque chose d'anodin. Je ne peux pas lui confier ce secret comme ça, sans réfléchir !

Les rouages de mon cerveau s'activent et tournent à plein régime !

Finalement, je décide de lui révéler une partie du mystère.

Quand on y pense, elle et Pernette n'ont pas hésité à me faire confiance !

— Les Rayons sont deux cristaux et c'est pour les chercher que je suis venue à Paris.

Je lui explique alors mes hypothèses et je détaille, en long, en large et en travers, de quels pouvoirs destructeurs ils sont investis. Mine plaque les deux mains sur sa bouche quand j'en viens à lui dire qu'ils pourraient sans doute détruire Versailles à eux tout seuls !

— Je sais de source sûre qu'ils se trouvent ici, au château ! je continue, me délectant de l'ébahissement que mon récit suscite chez mon auditrice. Si j'en crois mes déductions, ils se trouvaient dans le Grand Appartement avec le Cabinet des Raretés, mais ils ont disparu. Il faut absolument que je les retrouve, avant qu'il n'arrive quelque chose de grave, et que je les mette hors d'état de nuire.

— Je n'avais jamais entendu une histoire pareille ! s'exclame Mine en hochant la tête avec conviction. On devrait interroger Maman : peut-être qu'elle en saura plus que moi à ce sujet.

MAIS OUI !

Pourquoi n'y ai-je pas pensé plus tôt ? J'aurais pu me tourner vers Pernette depuis le début pour obtenir des informations ! Il n'est pas dit qu'elle en aura, mais qui ne tente rien n'a rien.

— D'ailleurs, reprend Mine en fronçant soudain les sourcils, où est Maman ?

C'est à mon tour d'être étonnée. Malgré nos tours et nos détours dans tous les couloirs du château, nous n'avons pas croisé Pernette une seule fois ! Sans réellement y songer, je pensais la retrouver ici, dès que nous aurions franchi la porte de la chambre.

Mais, de toute évidence, elle n'est pas là !

À peine un regard et nous bondissons toutes les deux sur nos pieds, prêtes à partir sur les traces de Pernette. Nos jupons relevés jusqu'aux genoux (ce qui nous assure une classe d'ordre in-ter-na-tio-nal), on se rue sur la porte et c'est à celle de nous deux qui parviendra à faire passer son vertugadin en premier – au rythme des *aïe-aïe-ouille* !

Il n'y a pas à dire : être une fille au dix-septième siècle, ce n'est pas une mince affaire !

Je prends les devants et on recommence notre manège, naviguant entre les décorations précieuses du palais et les stucs abîmés des passages de service. On traverse les cuisines comme si de rien n'était, on jette un œil dans les appartements des courtisans, on passe la tête par la porte de la salle du trône et on fait même coucou aux chevaux dans les écuries – mais rien.

RIEN. DE. RIEN.

Pas le reflet d'une ombre de Pernette.

Voyant bien qu'on a fait chou blanc, c'est passablement déçues de nos faibles capacités d'investigatrices qu'on continue à déambuler, Mine et moi, dans les corridors solitaires. Pour être tout à fait honnête, on traîne un peu des pieds, et on n'ouvre plus les portes que par dépit.

Le château semble déserté. Pas un bruit ne vient troubler le calme étrange qui règne.

Quelle n'est pas notre surprise, alors, quand une cascade de rires nous surprend soudain au détour d'un couloir ! Ni une, ni deux, nous voilà toutes les deux pressées contre la double-porte majestueuse d'où émanent les échos joyeux de conversations. On colle l'oreille et, malgré nous, la porte s'entrebâille sans un bruit… révélant un étonnant spectacle.

— Comme une première étincelle ne peut faire un grand embrasement, si l'on ne prend soin de ne la laisser pas éteindre, de même l'amour a besoin qu'on l'entretienne pour l'accroître.

Au son mélodieux d'un clavecin, une femme vêtue de blanc et de doré déclame sa lecture avec ferveur. Les murs ocres, les étoffes jaunes et les passementeries ambrées forment un écrin autour d'elle et de son auditoire : des demoiselles, des dames plus âgées, mais aussi des jeunes hommes semblent emportés par son récit. Assis sur des bergères luxueuses et sur un lit aux draps précieux, ils sont ensorcelés par ses paroles et ne la quittent des yeux que pour se murmurer des commentaires enthousiastes. Quand elle s'arrête enfin, ils réclament la suite.

Les joues de la lectrice se teintent d'un rose léger sous tous les compliments qu'elle reçoit !

Avec Mine, on est fascinées et on ne peut s'empêcher de rester cramponnées à la porte entrouverte. Tout comme moi, elle paraît complètement étrangère à ce genre de réunions : elle demeure ébahie devant le charme, la finesse et la subtilité de toutes ces personnes.

Parmi les discussions indistinctes qui se sont élevées, des paroles nous parviennent. Une jeune fille à peine plus vieille que nous feuillette un livret. Ses yeux bleus s'emplissent de larmes :

— Mon père est tout à fait incongru en galanterie et n'entend rien aux affres délicieuses de la passion. Si on l'écoutait, on viendrait aux noces dans une triste frugalité d'aventures : sans rencontre fatale ou rêverie mélancolique, sans rivaux lésés ou amants persécutés...

— Ma chère amie, répond sa compagne, à la voix plus mature et au ton plus posé, une jeune femme de votre qualité ne peut plus souffrir de vivre dans la fantaisie. Cependant, bien malheureuse est celle qui se marie sans amour. Si vous ne pouvez vous y résoudre, refusez ces épousailles.

Kikekoioùcomment ?

Si certains mots me sont clairs, cette conversation me laisse perplexe – et ce n'est pas faute de m'être concentrée ! Je ne suis pas la plus nulle en français, à l'école (même si je préfère largement les BD aux romans ou à la poésie), mais je n'ai encore jamais rien lu qui ressemble à ce que je viens d'entendre. À ce que j'ai compris, elles parlaient de mariage : j'ai l'impression que la jeune fille redoute de devoir se marier un jour et que son amie l'encourage à refuser toute union forcée. Mais je dois me tromper, car ça voudrait dire que...

... NON ?

Elle doit avoir seize ans à peine et son père voudrait l'obliger à épouser quelqu'un ? !

Au moment où j'essaie d'en entendre plus, elles sont cachées par un couple de courtisans qui passent devant Mine et moi. Encore dissimulées dans l'entrebâillement de la porte, on s'écarte légèrement, de peur d'être surprises, mais ils ne semblent pas nous avoir remarquées.

— ... la Montespan a eu raison de l'avertir !

— Tout à fait ! On a beau craindre ses… pointes, elle est douée d'un esprit brillant. Elle seule aurait pu percer à jour les subterfuges de cette intrigante !

— Plus qu'une intrigante, chevalier, cette femme n'est rien moins qu'une sorcière ! Je suis certaine qu'elle a tout mis en œuvre pour entretenir le mal qui règne sur Versailles – si ce n'est pas elle (en personne !) qui a jeté la malédiction ! Son véritable crime, je vous le dis, est d'avoir dérobé les seules armes que nous possédions pour combattre cette maladie infâme.

À ces mots, le chevalier étouffe une exclamation scandalisée.

Mine et moi, au contraire, sommes ravies d'entendre cette histoire étonnante !

Ses yeux brillants montrent qu'elle ressent la même chose que moi : on veut la suite !

Et il n'y a qu'à demander :

— Mais comment a-t-elle été démasquée ? presse le chevalier.

— Vous n'allez pas le croire ! La marquise du Chèvre de Sainte-Maure a tout de suite percé ses manigances à jour et en a aussitôt avisé madame de Montespan. J'ai entendu dire que la marquise avait eu une brutale altercation avec la sorcière. Ils étaient sur la route depuis l'aurore, avec le vicomte de Saint-Nectaire, quand ils ont été sauvagement attaqués ! Et cette femme, cette femme vêtue *comme un homme*, cher chevalier, avait un chat noir !

Cette fois, je ne peux m'empêcher de ressentir des sueurs froides en entendant l'histoire.

Ce que raconte l'aristocrate, en effet, me semble étrangement familier.

— Vous vous rendez compte ? Se déguiser en homme pour tromper tout le monde !

— Et ce chat noir, mon Dieu ! s'étrangle le chevalier, encore interloqué. Il ne pouvait y avoir de signe plus frappant de sa traîtrise.

— Mais heureusement, le roi veille à notre sécurité : il a fait capturer cette créature du diable et a aussitôt condamné la sorcière ! Ils croupissent depuis lors dans les geôles !

Je me tourne vers Mine, horrifiée, quand elle soupire dans un sanglot :

— Maman est en prison...

Chapitre 9

Où l'on n'est pas avare de bons conseils

Les paroles de Mine tambourinent en moi comme un coup de tonnerre.

J'entends les mots des courtisans, encore et encore, qui résonnent en écho dans mon crâne. Il y a en effet de grandes chances pour que cette femme déguisée en homme soit Pernette… et ils ont décidé de la punir pour ça !

C'est l'appellation « sorcière » qui me rend le plus perplexe.

Quel est le rapport avec Pernette ? Et avec Sphynx ?

Et dire qu'ils ont pris mon pauvre petit Sphynx ! Je suis certaine que ce sont les nonnes qui l'ont capturé – j'aurais dû me méfier ! Qui pourrait le prendre pour une créature maléfique ?

En plus, pour moi, les sorcières ressemblent davantage à Kiki ou à Hermione Granger : je ne vois pas ce qu'elles ont d'effrayant ! Pourtant, dans la bouche des nobles, ce mot n'a rien d'un compliment. Ils le profèrent comme une abomination et je ne comprends pas pourquoi.

Mine m'adresse un regard alarmé et je vois des larmes perler au coin de ses yeux. Je lui prends la main avec douceur et nous battons en retraite. À reculons, nous nous éloignons lentement de cette chambre où ont pris vie les pires cauchemars de mon amie. Sans la moindre considération pour notre apparence, et sans même réfléchir à qui pourrait nous surprendre là, on se laisse glisser contre un mur et on s'effondre sur le sol, encore sonnées.

— Qu'est-ce que je vais faire ? se lamente Mine, qui éclate en sanglots.

Elle relève ses genoux sous son menton et enfouit son visage entre les plis de sa robe.

Moi-même secouée par ces révélations et tremblante de tristesse et de colère, je ne sais pas comment la réconforter. Parler de mes émotions n'a jamais été mon fort : on n'est pas trop du genre à se dire qu'on s'aime, à la maison. Alors, pour toute réponse, je pose ma tête sur son épaule et je laisse ma détresse se mêler à la sienne en silence.

AAAH ! Mais ? !

Tout à coup, notre petit cocon vole en éclat. Les pleurs de Mine s'interrompent brusquement et elle se redresse, m'envoyant valser au passage. Dans ses prunelles bleues, une nouvelle lueur vient de s'éclairer : le désespoir a fait place à une détermination redoutable !

— Je vais aller la chercher ! s'exclame-t-elle.

Elle me défie du regard, comme si je m'apprêtais à l'arrêter. Au contraire, je l'exhorte :

— Bonne idée ! Ils ne peuvent pas l'emprisonner : elle n'a rien fait de mal ! Il faut leur faire entendre raison.

Moi, j'ajoute, après quelques secondes de réflexion, je vais demander de l'aide.

On n'a pas besoin d'en dire plus. D'un simple hochement de tête, on acquiesce avec fermeté, et ça vaut tous les pactes de la terre : on sortira Pernette de cette situation – quoi qu'il en coûte.

Mine disparaît dans le corridor, d'un pas plus assuré que jamais.

Moi, je me précipite dans la direction opposée, une seule idée en tête : trouver Molière.

Sa qualité de protégé du roi peut faire toute la différence : lui qui est l'ami de Pernette, avec qui il travaille depuis si longtemps et en qui il a confiance, il voudra sans doute l'aider.

Je traverse donc le palais avec une énergie renouvelée : je n'ai pas le temps de chercher les cristaux, mais tant pis ! Ma mission attendra. Sauver la mère de mon amie est mille fois plus important ! Une sorte d'urgence me brûle les veines et fait battre mon cœur à toute allure, tandis que je fonce tête baissée vers les ateliers des Grands Divertissements...

... l'endroit même où travaillait Pernette avant qu'on ne la condamne injustement.

Avec tout ça, c'est échevelée, la robe de travers et les lacets à moitié défaits que je me précipite sous l'appentis. Je suis accueillie par le brouhaha ambiant, entre les discussions des artisans, les burins des sculpteurs et les ciseaux des ébénistes. Dans l'atelier, personne ne fait attention à moi : les hommes aux épais tabliers semblent bien trop concentrés sur leurs ouvrages ! Il y a ici des statues sans tête et des tables sans pieds, et ça paraît tout à fait normal.

Je scrute attentivement les alentours, mais aucune trace de Molière.

Je repère alors deux sculpteurs qui discutent, leurs outils à la main :

— ... vivement qu'on soit partis d'ici et qu'on retourne à Paris.

— J’en ai plus qu’assez de me faire traiter comme un…

— Oui ? Tu as besoin d’aide ?

Comme ils ne travaillaient pas, je me suis approchée sans craindre de les déranger. Pourtant, il semble que j’ai, malgré moi, interrompu une conversation importante. Quand le premier tourne vers moi son visage émacié aux boucles blondes angéliques, je me sens un peu coupable. Son acolyte l’imite aussitôt : ses sourcils noirs et fournis se froncent avec irritation.

— Jecherchemonsieurmolière !

J’ai répondu si vite, comme pour me débarrasser de ma requête, que mes mots ne se sont pas correctement articulés. Cela n’empêche pas les sculpteurs d’esquisser un vague signe de la main :

— Il est en plein aménagement de la grotte de Téthys, ajoute le jeune homme blond.

Puis, sans plus d’égards pour ma petite personne, ils retournent à leurs occupations.

La grotte de Téthys… ce nom me rappelle quelque chose !

ÉVIDEMMENT !

C'est le pavillon dont les trois hautes arcades ont pour portail des rayons dorés ! La dame très distinguée qui nous a accueillies au château a bien indiqué que c'était le théâtre – là où se déroulera la pièce de Molière. Sans prendre plus de temps pour réfléchir, j'y fonce !

Les trois grilles d'or sont encore plus belles de près : le visage d'un dieu solaire est ciselé dans un médaillon et, si je me souviens bien, c'est Apollon. Ce que j'ai appris en cours d'histoire, c'est que Louis XIV (modeste comme lui seul peut l'être) se comparait à ce dieu de la mythologie grecque ! Du coup, ce ne sont pas ces détails à la gloire du roi qui m'étonnent.

C'est après, quand je passe les magnifiques venteaux d'orfèvrerie, que je reste interdite.

Où est le théâtre ?

Loin d'être un bâtiment ordinaire, l'endroit dans lequel je viens de pénétrer est spectaculaire. Alors que je m'avance, je suis frappée par la sérénité extrême qui règne – et qui contraste tant avec le remue-ménage de la cour et des ateliers ! Des jeux d'eau perlent sur les parois et murmurent doucement dans la pièce. Ils jaillissent au cœur de trois alcôves, toutes ornées de motifs en coquillages multicolores, mais aussi du sol dallé de marbre et du plafond !

La lumière qui se déverse par les grilles solaires révèle également trois ensembles de statues, parmi lesquelles je distingue des silhouettes d'hommes, de femmes et de chevaux.

C'est là, seulement à ce moment, que je me rends compte que je ne suis pas seule.

Installé sur le piédestal central, un individu presque prostré se tient la tête entre les mains. Je remarque qu'il tremble convulsivement et je n'ai plus aucun doute : malgré sa perruque blanche aux reflets lumineux, c'est bien le Molière maladif et à moitié chauve que j'ai rencontré au théâtre du Palais-Royal. Je m'approche à peine et je devine que ses lèvres bougent en silence.

— HA ! Hein ? Oui ? répond-il en sursaut quand je m'assois à côté de lui.

— Bonjour monsieur Molière, je dis de ma voix la plus gentille, comme je m'adresserais à un animal effrayé. Vous me reconnaissez ? Je suis Orphéa, l'amie d'Anselmine Le Prat.

Ses yeux écarquillés me dévisagent. À travers ses prunelles sombres et encore un peu sidérées, je vois son cerveau de génie en train de fonctionner. Il essaie de se remémorer, puis :

— Le Prat... Le Prat, mais oui, Le Prat... comme le tapissier ?

J'acquiesce si vigoureusement qu'il a un léger mouvement de recul.

— Justement, j'ajoute en recouvrant mon calme, elle... il... elle...

C'est là que je prends conscience de mon erreur : je ne me suis pas préparée !

Je ne sais pas du tout comment expliquer le problème de Pernette !

Et puis, ce n'est pas comme si le regard étrange de Molière améliorait la situation. Il continue de me fixer, l'air encore hagard, puis une lueur de compréhension passe dans ses yeux.

Il fronce les sourcils et me devance avant que j'aie pu ajouter un mot :

— Hé bien ! que lui est-il arrivé ? A-t-elle des ennuis ?

— Elle… *elle* ? je bafouille, à la fois sonnée et soulagée. Vous savez que c'est une femme ?

— Mais alors, oui, très certainement ! Nous travaillons ensemble depuis des années.

— Et… vous n'êtes pas fâché ?

À cet instant, le visage de Molière change du tout au tout et il éclate d'un rire tonitruant, qui ricoche, chante et résonne en écho sur les parois de coquillages.

— De collaborer avec une excellente artiste ? Par tous les saints, pas le moins du monde ! Son talent a fait la renommée de sa maison, les Gobelins eux-mêmes cherchent à la recruter depuis qu'elle s'est installée à Paris ! Homme ou femme, qu'importe. Je n'en ai cure.

À mesure que je l'écoute, je sens toute la tension accumulée dans mon corps s'envoler. Je suis comme un ballon de baudruche à la fin d'un goûter d'anniversaire : on me relâche à peine et, *pfiou !*, je m'évade avec légèreté. Molière, comme je l'avais espéré, est du côté de Pernette.

— Monsieur Molière, je lui réponds avec plus d'assurance dans la voix, il faut que vous l'aidiez. Des courtisans ont découvert qu'elle n'est pas un homme et qu'elle exerce sous une fausse identité. À ce que j'ai entendu, le roi l'a déjà condamnée !

— Comment donc ? s'insurge-t-il en se relevant brusquement.

— Je n'ai pas tout compris, mais je crois qu'elle est considérée comme une sorcière ! Tout le monde l'accuse d'avoir volé les Rayons du Roi-Soleil !

Cette fois, Molière se met à faire les cent pas sur le marbre de la grotte.

Il jette un œil à son improbable théâtre : je vois dans ses yeux le combat qu'il mène avec lui-même. Je le comprends : la représentation aura lieu ce soir et rien n'est encore prêt !

Pourtant, son hésitation ne dure qu'un quart de seconde :

— Très bien, je vais aider madame Le Prat.

Il lisse les boucles de sa perruque et resserre les pans de sa longue veste.

— Je m'en vais demander audience au roi : souhaite-moi bonne chance ! Toi, ajoute-t-il en tournant vers moi ses prunelles où règne maintenant l'indignation, tu dois rejoindre Anselmine. Surtout, ne faites rien ! Nous allons retrouver les pierres et innocenter madame Le Prat !

Et, sur ces mots, il s'engouffre par la haute arcade et est englouti par la lumière.

Chapitre 10

Où l'on rencontre des femmes savantes

Molière a tort : je ne peux pas rester dans la chambre à ne rien faire !

Mais... il a aussi raison : ce n'est qu'en retrouvant les Rayons du Roi-Soleil que nous pourrons sauver Pernette.

Qu'on se le dise honnêtement, certaines personnes ici ne s'intéressent qu'à ce qui tourne autour de leur nombril ! Et, si j'en crois les rumeurs, madame du Chèvre de Sainte-Maure fait partie de ces gens-là : il fallait une cible à sa méchanceté et elle l'a injustement trouvée.

L'indignation et la colère font bouillonner le sang dans mes veines. Ce maelstrom d'émotions est tel que j'ai l'impression que de la fumée jaillit de mes oreilles !

Je fulmine et, en même temps, je suis tenaillée par l'urgence de la situation.

Et dire que Molière me demande de me tenir tranquille...

HORS. DE. QUESTION.

Je ne vais pas m'enfuir et m'enfermer dans ma chambre en attendant que la tempête soit passée ! Au contraire : je vais mettre mes talents d'espionne au service de mes amies. Et je sais par où commencer : l'office du médecin. Après tout, c'est chez lui que j'ai entendu parler des cristaux pour la première fois !

Pourtant, au fond de moi, un drôle de sentiment me tord l'estomac. Je suis tiraillée entre mes deux promesses. D'un côté, j'ai accepté de rapporter au C.O.R.P.S. les Rayons du Roi-Soleil (pour sauver l'humanité, *accessoirement*). De l'autre, j'ai donné ma parole à Mine : il me faut aider Pernette par tous les moyens, même si cela signifie renoncer aux cristaux...

La responsabilité est lourde sur mes épaules, mais c'est mon amitié qui l'emporte.

Si je devais accomplir ma mission aux dépens de quelqu'un d'autre, je ne pourrais plus jamais me regarder dans un miroir. Ma décision est prise : peu importent les pierres, je dois sortir Pernette de prison – et j'en affronterai les conséquences en retournant dans mon époque.

La douleur dans mon ventre s'évanouit presque instantanément quand je m'élance une nouvelle fois dans les dédales de Versailles. Aider mon amie me donne des ailes !

Avant toute chose : le médecin !

Il ne me faut pas longtemps pour me remémorer le chemin que l'on avait emprunté. Mes réflexes d'espionne sont toujours aussi aiguisés ! Ils me conduisent au gré des corridors et des escaliers étroits des serviteurs, jusqu'au couloir austère où s'affairent les religieuses.

Un instant, j'hésite à entrer franchement dans la chapelle. Je ne me rappelle que trop bien l'accueil que nous avons reçu plus tôt, Sphynx, Mine et moi ! Il suffirait qu'une nonne super intransigeante se rappelle de mon visage pour que je sois à nouveau chassée à coups de pied !

Je me tapis contre un mur, encore engoncée dans mon déguisement de demoiselle (qui serre et qui gratte), et j'observe les allers-retours de leurs longues robes noir et blanc.

Je surveille la grande double-porte du coin de l'œil quand, soudain, une conversation étonnante me tombe par hasard dans l'oreille :

— ... si elle croit que mettre la main dessus lui permettra de mettre ses plans à exécution !

— Seigneur ! Seule une femme dépravée s'intéresserait aux Rayons du Roi-Soleil...

LES... QUE ? *QUOI ?*

Mon sang ne fait qu'un tour. À peine ont-elles mentionné les cristaux que je braque mon regard perçant sur les deux nonnes qui s'éloignent de la chapelle. Je démarre la filature aussitôt, impatiente de découvrir quels secrets elles vont s'échanger, et je les détaille de loin.

L'une d'elle serre les mains sur sa poitrine, son chapelet au creux des paumes. Ses traits tirés témoignent de son chignon impeccable (même s'il est caché sous son voile). Sa compagne, aux grands yeux doux et aux joues légèrement couperosées, semble tout aussi horrifiée.

Je demeure à une distance raisonnable derrière elle, mais ma robe rose bonbon ne me permet pas vraiment de me cacher. Pour éviter de me faire repérer, je m'arrête toutes les trois minutes et laisse les religieuses prendre de l'avance. D'aussi loin, et compte tenu des va-et-vient incessants qui rythment les couloirs, je dois faire preuve d'une concentration extrême !

À ce que j'entends, il me semble que la conversation s'est changée en commérage :

— ... pour s'attirer les faveurs de notre bon roi Louis, murmure la religieuse aux joues roses.

— Mais comment donc ?

— Hé bien, à l'aide de la magie noire !

— Ma sœur, vous vous doutez bien que l'amour du roi pour madame de Montespan est trop grand ! Rien

d'autre que de la sorcellerie ne pourrait en venir à bout. La comtesse de Mérignac convoite les Rayons pour leurs pouvoirs ensorcelants !

Tiens, tiens... La comtesse de Mérignac : voilà un nom qui ne m'est pas inconnu.

Tout en continuant de suivre les religieuses, je fouille ma mémoire : où l'ai-je donc entendu ?

— Moi qui pensais qu'elle voulait les retrouver pour s'attirer la grâce de Sa Majesté ! Après tout, il est de notoriété commune que les Rayons sont le clou de son trésor.

— Mais non, ma chère, c'est d'alchimie que l'on parle ! Oui, d'alchimie ! répète-t-elle avec un regain d'émotion. Cette séductrice veut avant tout s'octroyer les pouvoirs dévastateurs des pierres jumelles pour concocter une potion... un philtre d'amour digne d'une enchanteresse !

Cette fois, je n'en crois pas mes oreilles !

Comme lors de ma mission égyptienne, il semble que les cristaux fassent partie d'une légende : à Versailles aussi, on les croit dotés de pouvoirs surnaturels ! Même si le médecin ne croit pas à ces contes, les nonnes, elles, s'imaginent qu'ils sont au centre de rituels magiques ! Un philtre, si j'ai bien compris, serait capable de rendre le roi transi d'amour pour la personne qui le lui ferait boire.

— Si vous voulez mon avis, les romans devraient être interdits à la Cour – et dans tout le royaume ! Ces balivernes corrompent l'esprit des jeunes filles et voilà le résultat !

— Oui, le salon de la comtesse devrait être tout bonnement interdit !

— Inviter tous ces honnêtes gens à lire dans sa chambre à coucher, vraiment…

C'est à cet instant précis que le souvenir ressurgit.

Madame de Mérignac est la femme élégante qui lisait devant tous ces courtisans !

C'est dans sa chambre que Mine a découvert l'emprisonnement de Pernette et, étant donné les circonstances, je ne pourrai jamais oublier le chemin que nous avons emprunté !

Il ne me faut que quelques minutes pour retrouver la porte décorée d'arabesques.

À l'intérieur, la chambre n'a plus rien à voir avec le salon littéraire que j'ai découvert avec Mine. Certes, les murs s'ornent toujours de ces gracieux motifs dorés, les méridiennes et les bergères ambrées occupent toujours l'espace avec le lit à baldaquin, mais cette fois il n'y a pas cette foule de courtisans qui se massait pour entendre la comtesse lire.

Cette fois, il n'y a qu'une jeune femme sanglotant sur l'édredon jaune, ses boucles blondes retombant sur son visage pâle. Madame de Mérignac : je la reconnaîtrais entre mille, avec ses yeux légèrement tombants et sa fossette au menton. À ses côtés, une femme d'âge un peu plus mûr a recueilli ses mains entre les siennes. Une expression attristée et compatissante adoucit ses traits sévères et ses prunelles sombres. Elle chuchote des mots réconfortants :

— Madame, madame... allons, ne vous en faites pas.

Un mince filet de soleil se trace un chemin entre les lourdes tentures de la chambre, pour venir très doucement caresser la joue de la comtesse. Une larme perle et roule sur sa peau diaphane, pour disparaître dans son cou. Elle tente de réprimer ses sanglots.

— Que vais-je faire, ma bonne amie ? Sans ces pierres, ma petite sœur est condamnée.

— Comtesse, une femme aussi cultivée que vous, une si bonne chrétienne et si versée dans la connaissance des Écritures... vous ne pouvez décemment croire à ces fables païennes ! Ce ne sont que des cailloux noirs, dont la préciosité même est incertaine !

— Vous ne comprenez pas, reprend madame de Mérignac, ses pleurs redoublant aussitôt. C'est mon dernier espoir ! Les médecins se sont succédé au chevet de Cécile et ils la disent condamnée. La variole l'a déjà défigurée et, maintenant, la maladie l'entraîne au seuil de la mort. Si ces pierres ont un quelconque pouvoir, c'est mon devoir de tout tenter.

La compagne de la comtesse se redresse, de manière presque imperceptible, et je vois que ses lèvres sont pincées. Elle n'approuve pas les croyances de sa protégée, manifestement, comme si porter du crédit à des légendes surnaturelles était indécent !

Pour ma part, je ne peux m'empêcher de penser aux paroles des nonnes, si promptes à condamner la jeune femme. En fin de compte, elle veut bel et bien mettre la main sur les cristaux, mais ça n'a rien à voir avec un philtre d'amour ! C'est pour sauver sa sœur adorée !

Mon cœur se serre dans ma poitrine quand elle déplore :

— Je suis au désespoir, baronne…

Madame de Mérignac perd finalement toute contenance : dans un sanglot, elle se laisse aller et dépose son beau visage sur les genoux de sa compagne. La dame, prise au dépourvu, entrouvre la bouche comme pour protester, puis se résigne à caresser les cheveux de la jeune comtesse.

— Ils étaient à portée de ma main, baronne, dans le Grand Appartement ! Après tant de semaines à attendre, j'étais enfin à Versailles et je les ai vus dans la vitrine...

Dans un soupir qui sonne comme une agonie, elle ajoute :

— Si seulement ces maudits sculpteurs ne les avaient pas volés !

Chapitre 11

Où l'on découvre les tartuffes

Ni une, ni deux, je fonce tête baissée vers les ateliers.

Cette fois, je n'ai plus une seconde à perdre : qui sait ce qu'il advient de Pernette pendant que je tergiverse à la recherche d'une solution ? Si madame de Mérignac a dit vrai, je suis à deux doigts de mettre la main sur les cristaux : ils sont entre les mains de sculpteurs !

Qui que ce soit, ils les ont forcément cachés avec leurs affaires !

VLAM !

Telle la foudre qui s'abat sur la terre par une nuit d'orage, je pénètre dans l'atelier sans me poser de question. La détermination qui m'anime ne connaît plus de barrière : je suis capable de tout pour sauver mon amie.

Je me sens plus terrible que l'Incroyable Hulk : il ne m'en faudrait pas beaucoup plus pour me transformer en terrifiant monstre vert et tout détruire sur mon passage.

Évidemment, pas le moindre centimètre carré de peau verte pour prouver au monde de quelle puissance Orphéa Fabula est capable (c'est bien ma veine). Au lieu de quoi, je me retrouve une nouvelle fois encerclée par des statues sans tête, dont la pâleur de plâtre est presque fantomatique. Les draps blancs qui couvrent les sculptures et les meubles, les protégeant ainsi de la poussière et du temps, renforcent cette impression étrange de maison hantée. Dans la faible lumière, tout est immobile et silencieux – au point que je ne peux réprimer un frisson.

Attendez une minute...

... mais où sont passés tous les artistes ?

La dernière fois que je me suis aventurée ici, entre les silhouettes insolites (et glauquissimes, pour être honnête) des statues, l'endroit fourmillait de peintres et de sculpteurs, de tapissiers et d'ébénistes, d'orfèvres et de métallurgistes... mais là, personne.

P. E. R. S. O. N. N. E.

Moi qui croyais avoir à me démener pour fouiller les ateliers ! Autant vous dire que mon effet théâtral retombe comme un soufflé.

D'un autre côté, ça me laisse tout le champ libre pour explorer et fureter à ma guise. Les cristaux sont là, cachés – j'en suis persuadée ! Il suffit d'inspecter chaque recoin.

Aussitôt dit, aussitôt fait.

Je passe l'atelier au peigne fin : je soulève les draps, retourne les tableaux, déplace les fauteuils, tâtonne sous les sofas, farfouille parmi les outils, sonde les profondeurs de fontaines encore vides... et je vais même jusqu'à ausculter les oreilles (et les trous de nez, parce que je suis dévouée) des bustes qui croisent mon chemin. Cet endroit, finalement, se révèle être moins un espace de création qu'une véritable caverne d'Ali Baba ! Le moindre millimètre carré est occupé par un bazar foutraque et chaque échafaudage, chaque repli d'étoffe, chaque amoncellement de pinceaux sur le sol est examiné avec la plus grande minutie.

Que voulez-vous : on est professionnelle ou on ne l'est pas.

À un moment, une malle me donne même l'impression d'être une chasseuse de trésor mais, à la seconde où je l'ouvre, tous mes espoirs se rabougrissent comme des ballons de baudruche. Quand je tire les loquets cuivrés et soulève le couvercle revêtu de cuir, ce n'est que pour découvrir un empilement de carnets reliés et de papiers cornés, où s'allongent des lettres bouclées et des signatures entrelacées. Je laisse le coffre se refermer avec un soupir...

... quand j'entends des voix s'élever à l'autre bout du vaste atelier.

Mon premier réflexe est de me tapir aussitôt entre deux tentures brodées de brocarts dorés. Je ne peux pas me laisser repérer ! Je tente de m'abriter des regards sans rien écraser autour de moi quand, soudain, je perçois des paroles qui me pétrifient :

— ... ne pouvons pas la laisser en prison ! s'étrangle une voix de jeune garçon.

Iladikoi ? !

Je retiens une exclamation quand je comprends qu'il parle de Pernette !

Un silence suit ses mots, mais j'entends un soupir étouffé.

— Boarf, si ce n'est pas elle, alors qui ? répond un autre homme, à la voix plus grave.

— Honnêtement, c'est la coupable toute trouvée, ajoute un troisième. Elle a essayé de se faire passer pour ce qu'elle n'est pas et, après tout, c'est aussi un crime. Elle ne l'a pas volé !

— Mais... essaie de rétorquer le garçon. Ce n'est pas une sorcière ! Qui sait ce qui l'attend ?

— Oh, mais on sait très bien ce qu'encourent les sorcières, mon garçon ! Et qui te dit qu'elle n'en est pas une ? Le chat noir, ça aurait dû t'alerter. Allez, ne t'en fais pas. Tu as eu ce que tu voulais, non ? Maintenant, grâce à nous, la Cour va rentrer à Paris et tu vas y avoir ta place.

— Mais... bégaie encore le garçon. Ce n'est pas comme ça... Je ne pensais pas que...

— Écoute, il est trop tard maintenant. Si la sorcière est relâchée, ils vont trouver un nouveau coupable : tu veux que ce soit toi, peut-être ? Alors, va te mettre au travail et agis normalement. C'est certain que la Cour va quitter Versailles, à présent. Une fois les cristaux détruits, il n'y aura plus aucune chance que les malades se rétablissent et plus personne ne voudra rester ici.

Les cristaux... détruits... ?

Je ne peux pas le permettre !

Je reste encore contractée un instant, serrée contre les tentures pour éviter d'attirer l'attention.

Dans tout mon corps, c'est comme si un immense brasier venait de s'allumer... mais je ne peux pas laisser ma colère s'exprimer avant que les trois traîtres soient partis. Qui sait ce qu'ils me feraient s'ils me trouvaient là et qu'ils découvraient, tout à coup, que je connais toutes leurs manigances ? Je vais les laisser s'en tirer pour cette fois mais, parole d'Orphéa, je vais déjouer leurs plans et m'emparer des cristaux avant qu'ils ne soient réduits en poussière !

— Plus que quelques heures, mon ami, ajoute l'un des scélérats en se rapprochant de plus en plus de ma cachette. Juste un peu de patience et... *BOUM!* nous serons de retour à Paris et couverts de gloire.

Ils longent les draperies qui me servent d'abri, mais aucun d'eux ne me remarque.

Moi, au contraire, je les dévisage jusqu'à imprimer leurs traits dans ma mémoire.

Et c'est là que...

MAIS?

Je reconnais les boucles au blond évanescent du premier homme et les sourcils broussailleux du second: ce sont les artistes que j'ai interrogés lorsque j'étais à la recherche de Molière!

Ils étaient donc en train d'ourdir leur plan machiavélique lorsque je les ai surpris!

Et ce n'est pas tout, car le troisième est bien le pire! Lorsque l'homme brun s'éloigne, le garçon le suit et apparaît enfin dans mon champ de vision réduit. Ce grand corps dégingandé et ces cheveux roux retenus en catogan, je les connais…

…mais les yeux d'Ambroise ne pétillent plus de malice.

C'est l'apprenti de Pernette *lui-même* qui l'a menée à sa ruine.

Courbé, comme sous le poids de sa culpabilité, il sort de l'atelier sans un mot de plus.

Tout à coup, le fardeau du silence et de la solitude retombe comme une pluie froide et amère.

Alors comme ça, Ambroise n'approuve pas plus le choix de Versailles que les courtisans. Pour sa gloire personnelle, puisqu'il travaille à Paris, il voulait que la Cour délaisse ce nouveau château et revienne à la capitale. Il est talentueux : il mérite qu'on le reconnaisse…

… mais à quel prix ?

Je suis atterrée par son attitude mais, surtout, je suis furieuse !

Les sculpteurs et leurs plans machiavéliques mettent Pernette en danger : si les cristaux venaient vraiment à être détruits, il n'y aurait plus aucun moyen de la sortir de prison ! Si je ne les remets pas à leur place, elle sera condamnée pour toujours !

Et puis, il y a ma mission ! Que dirais-je au C.O.R.P.S. si les précieux Rayons du Roi-Soleil disparaissaient sans laisser de trace ? J'imagine d'ici la tête de Fitz…

Je dois absolument les retrouver avant qu'ils ne soient anéantis !

Mais, d'abord, je veux tout raconter à Molière. Quand le roi découvrira *qui* sont les véritables coupables, il délivrera Pernette – j'en suis certaine ! Encore faut-il que quelqu'un lui glisse l'information à l'oreille, et il n'y a que l'artiste qui soit en position de le faire !

Je quitte l'atelier en trombe et, dehors, le soleil décline dans un torrent de lumière rose et orange. Les nuages se pressent et se poussent, comme s'ils jouaient à cache-cache et qu'ils n'avaient plus beaucoup de temps. Ils se parent des tons grenat du crépuscule et, loin en-dessous d'eux, la cour de Versailles fourmille avec presque autant de faste et de rapidité que le ciel.

Les courtisans semblent en effet s'être tous rassemblés au même endroit. Ils avancent à l'unisson en discutant et en riant, parés de leurs plus beaux atours. C'est quand je les vois tous pénétrer par les portails solaires de la grotte de Téthys que je comprends : c'est le soir de la représentation du *Malade imaginaire*. Avec toutes ces catastrophes, j'avais oublié que nous étions en plein milieu des Grands Divertissements et que la pièce se donnait aujourd'hui même !

Quand je pense que Pernette est venue à Versailles exprès pour travailler sur ce projet...

C'est beaucoup trop injuste que le spectacle ait lieu alors qu'elle est emprisonnée !

Une raison de plus pour la faire libérer sans plus tarder.

Je me faufile donc entre les invités du roi et je me fraie un chemin à travers la cour. Certains courtisans arrivent encore, sans doute depuis Paris, et leurs carrosses s'alignent contre les flancs du château. Une chaise à porteurs se trouve également entre les portails dorés : j'imagine que des gens très importants sont déjà installés pour assister à la pièce.

Je dois faire au plus vite ! Après, Molière sera sur scène !

Quand je me glisse entre les rayons du portail, la grotte est déjà en ébullition. Des sièges sont disposés là où il n'y avait rien quelques heures plus tôt et des tentures font disparaître les murs constellés de coquillages. Je comprends alors pourquoi tous les artistes ont déserté l'atelier : ils se trouvent ici, en train de finaliser le décor du théâtre !

Je ne me rendais pas compte. C'est un ouvrage titanesque de transformer ce petit pavillon de repos en une véritable scène, où tous les courtisans de Versailles pourront venir applaudir la pièce. Les artisans pressent le pas, fébriles, et traversent la grotte de long en large.

C'est alors que je repère une silhouette qui m'est familière : sur l'estrade dressée pour l'occasion, le corps chenu de Molière tourbillonne pour vérifier les derniers réglages – à gauche, à droite, et encore à gauche. Affublé d'un bonnet de nuit tombant, il semble tout droit sorti du lit, tandis que l'un de ses acolytes porte le chapeau conique et la fraise ondulée des médecins !

— Allons, allons, on se dépêche ! s'écrie une jeune femme que je reconnais.

Vêtue d'une magnifique robe et amplement maquillée, elle n'est autre que celle qui répétait en compagnie de Molière, au théâtre du Palais-Royal ! Elle aussi semble frôler la crise d'apoplexie. De larges mouvements de bras, elle exhorte tantôt les artisans, tantôt les comédiens.

— Le roi fera son entrée d'ici quelques minutes, il faut que tout soit prêt !

Soudain, Molière s'arrête net et s'attrape la poitrine des deux mains, comme s'il était souffrant. Ses yeux presque exorbités se braquent sur la jeune femme et il s'écrie :

— As-tu bien prévenu les artificiers ? Il faut que les statues explosent pour le grand final ! Si les feux d'artifice ne sont pas correctement placés...

Mais je n'écoute plus ce que Molière raconte.

Je sais enfin où se trouvent les Rayons.

Chapitre 12

Où comment mettre fin aux fourberies

Mon esprit fait des étincelles.

Feux d'artifice + statues détruites + cristaux disparus...

... il n'y a pas mille résultats à ce genre d'équations !

Ce soir, après la représentation du Malade imaginaire, les jardins de Versailles vont connaître une explosion retentissante et, *BOUM !*, les Rayons du Roi-Soleil disparaîtront sans laisser de trace. Si cela se produit, les traîtres auront gain de cause et Pernette restera emprisonnée !

Je sais ce qu'il me reste à faire, mais le temps joue à nouveau contre moi !

Je quitte l'étrange théâtre en trombe.

Devant les portes solaires de la grotte de Téthys, les domestiques du palais affluent à une cadence rythmée. Comme dans une valse complexe, ils vont et viennent, tournoient, se rencontrent sans se saluer et repartent, les bras chargés de chaises, de nappes, de couverts et de vaisselle de toute sorte. Ils se déversent à torrents des portes nord et contournent la grotte, avant de disparaître derrière le pavillon.

Je les suis sans y réfléchir à deux fois.

J'ai enfin compris que, ce qui régit ce château, c'est le spectacle : tout est fait pour que le roi et sa Cour se divertissent. Si des feux d'artifice sont prévus, il doit y avoir une mise en scène grandiose... et les domestiques vont m'y conduire sans même s'en rendre compte !

Je suis leur procession de fourmis et me retrouve bientôt de l'autre côté de la grotte de Téthys, où une esplanade accueille désormais une dizaine de longues tables sous un dais de toile claire – et autant de chaises que nécessaire.

Les domestiques s'affairent, drapent les nappes, positionnent les couverts, redressent les candélabres, ne faisant attention à moi que quand je passe subrepticement sous leurs nez. À gauche de la grande place s'ouvrent les jardins de Versailles. Le soleil commence doucement à décliner à l'horizon, parant les bosquets, les labyrinthes et le Grand Canal de couleurs féeriques.

Mais c'est en face de moi que se trouve l'objet de toutes mes interrogations.

L'esplanade donne, en effet, sur le large bassin d'une fontaine à la blancheur de plâtre. Si l'eau bleu-vert clapote doucement en contrebas, aucun jet d'eau ne rebondit sur les deux figures sculptées. Ce doit bien être la seule fontaine de Versailles qui soit éteinte…

Mon petit doigt me dit que c'est là qu'auront lieu les feux d'artifice !

Je n'hésite pas un seul instant avant de m'approcher et je suis prête à parier ma collection de BD adorée que, cette fois, j'ai percé les manigances des sculpteurs à jour !

La fontaine se compose d'un ensemble de statues, bien plus simples que celles qui décorent le reste du château, mais pas moins belles. L'homme à la lyre, ça ne fait aucun doute, n'est autre qu'Apollon, le dieu solaire qui sert de symbole à ce très cher Louis. La figure qui l'accompagne, une femme caressant un petit cerf, ne peut être que Diane, déesse de l'astre lunaire et sœur du Soleil. Je détaille son attitude chasseresse, son arc et son fier diadème, complètement fascinée, tandis que les domestiques me bousculent.

— Pousse-toi de là, petite, tu ne vois pas que tu gênes ?

— Augustin, tais-toi et avance, tu vas nous attirer des problèmes.

WOAAAHHH!!!

En m'écartant pour les éviter, je trébuche contre la margelle de la fontaine. Je perds l'équilibre, manque de tomber en avant et ne me rattrape que grâce à d'élégants moulinets des bras... le nez à quelques centimètres de l'eau!

Pourtant, ce ne sont pas la surprise ou la panique qui m'assaillent, mais l'excitation!

Dans le reflet de l'eau, je distingue en effet ce que j'ai cherché si longtemps : sur le front pâle du petit cerf, uniquement troublé par les remous du bassin, une ombre noire rompt avec la blancheur du plâtre. Je peux me tromper, mais je crois bien que ce sont les cristaux!

Entravée par la meringue rose qui me sert de robe, je m'apprête à enjamber la margelle, quand...

— Hé, toi! Qu'est-ce que tu fais?

Je jette un coup d'œil en arrière, uniquement pour découvrir deux silhouettes se dirigeant vers moi au pas de charge. Il ne me faut qu'une seconde pour les reconnaître : le sculpteur blond aux pommettes saillantes et son acolyte aux sourcils broussailleux !

Je m'élance vers la fontaine. Une vrille maîtrisée me permet de rebondir sur la margelle, puis un salto me propulse au-dessus du bassin. J'ai l'impression de voler, quand soudain...

AÏE !

... j'atterris à califourchon sur le petit cerf.

— Cette enfant est folle ! crie l'un des artistes.

— Elle va tout détruire ! renchérit l'autre.

Mais je ne prête aucune attention à ce qu'ils disent : je tends aussitôt la main vers le front de la statue et mes doigts se referment sur les bijoux jumeaux. Les pierres, d'un noir mat à l'aura néanmoins captivante, résistent quand je tente de les saisir. Quand je les déloge enfin de leur écrin, une partie de la sculpture vole en éclats.

Les cris des artistes redoublent d'intensité :

— ... VA TOUT GÂCHER !

— ... ANNÉES DE TRAVAIL...

— ... N'ONT QUE CE QU'ILS MÉRITENT...

— ... RECONNAISSANCE...

— ... ENFIN À PARIS ! ! !

— Que signifie tout ceci ?

Soudain, c'est comme si la Terre s'était arrêtée de tourner. Comme si le système solaire s'était figé. Comme si le temps s'était suspendu et attendait. Le roi, auréolé de gloire (et surtout de vêtements dorés), traverse l'esplanade d'un pas lent, provoquant un raz-de-marée sur son passage. Les vagues de serviteurs ploient devant lui et s'inclinent solennellement, au moment même où les sculpteurs, horrifiés, finissent par comprendre qui vient de parler.

Du haut de mon perchoir, j'assiste à la scène avec un mélange d'incertitude et de jubilation.

— Les Rayons, Votre Majesté ! je m'écrie en brandissant le fruit de ma quête.

La stupeur frappe l'assistance et même Louis XIV semble abasourdi.

Dans le creux de ma paume, l'éclat astral des cristaux capture l'attention de tous. Qu'elles soient capables ou non d'accomplir des miracles, on ne peut pas nier que ces pierres exercent un pouvoir incroyable sur les foules. Les serviteurs, comprenant rapidement ce qui vient de se dérouler sous leurs yeux, se rapprochent des sculpteurs d'un pas menaçant.

— Vous, gredins ! gronde le dénommé Augustin. Vous vouliez détruire les Rayons du Roi-Soleil !

— Mais pour qui vous prenez-vous ? ajoute une femme. Ils appartiennent à Sa Majesté le roi !

— Allons ! tonne Louis XIV. Va-t-on m'expliquer ce qui se passe, ici ?

— Nous avons tout entendu, Votre Majesté ! répondent plusieurs serviteurs en chœur. Ces scélérats ont volontairement placé les Rayons sur cette statue pour qu'ils explosent au moment du grand feu d'artifice ! Cette petite fille a permis de les préserver de cette folie !

Je descends de ma monture et patauge dans l'eau à grand renfort de *splash ! splash !* Sur les visages qui m'entourent, alors que j'émerge élégamment de la fontaine, une gravité sacrée se mêle à la stupéfaction. Je délie mes doigts, qui éclosent comme les pétales d'une fleur, pour révéler les deux cœurs noirs frémissants qui suscitent cette atmosphère de recueillement.

— Seigneur, déclare une voix qui ne m'est pas inconnue, c'est ce que j'ai essayé de vous expliquer tantôt. Ce sont ces deux individus indignes qui ont dérobé vos joyaux.

Je lève les yeux pour découvrir Molière, toujours en tenue de nuit mais la tête découverte. Il s'est approché du roi sans bruit et sans que quiconque ne s'interpose. Le monarque se tourne vers lui sans un mot, son visage impassible, puis déclare avec autorité :

— J'imagine qu'une innocente est restée enfermée trop longtemps. Emmenez ces hommes !

Des gardes se saisissent des deux sculpteurs coupables, qui se débattent et tentent de justifier leur méchanceté, tandis que j'entends au loin des halètements souffreteux.

— Ma... Majesté !

La voix grêle d'un vieillard traverse la multitude qui s'est rassemblée autour de la fontaine. Une petite silhouette se fraie un chemin entre les nobles et les domestiques, jouant des coudes avec les uns comme avec les autres. C'est courbé en deux que le médecin royal annonce à Louis XIV et à toute sa Cour réunie :

— Les mal... malades se remettent, Majesté. Le quinquina fait... son effet.

Les eaux du Grand Canal chuchotent sous la douce brise du soir d'été. Leurs légères ondulations oscillent entre un bleu mystérieux et un violet magique. Cinq gondoles dorées dodelinent légèrement tandis que, au-dessus de nos têtes, éclatent les étoiles multicolores des feux d'artifice.

Sphynx, qui ronronnait sur mes genoux une seconde auparavant, sursaute à la moindre détonation. Il feule, il crache, fuyant un adversaire invisible dans la nuit embrasée. Il court en cercle, nous enveloppant Mine et moi d'un tourbillon d'émotions indicibles.

— J'ai cru que Maman ne sortirait jamais de prison, finit par avouer mon amie.

Elle sourit et son bonheur illumine les jardins de Versailles.

Nous sommes seules près du Canal. Les courtisans sont encore attablés devant la fontaine, qui doit crépiter de plus belle. Au premier ordre de Louis XIV, Pernette a été libérée. Molière s'est rendu lui-même jusqu'aux cellules pour s'enquérir de son état de santé. Nous ne l'avons pas encore revue, car elle était épuisée et voulait se débarbouiller, mais Sphynx a été relâché lui aussi et il nous a retrouvées en moins de temps qu'il n'en faut pour le dire !

Je l'ai gratouillé, câliné, chouchouté… jusqu'à ce qu'il en ait assez !

Puis, la marquise du Chèvre de Sainte-Maure et le vicomte de Saint-Nectaire sont arrivés vers nous, sans le moindre mot d'excuse, et m'ont tendu un coffret satiné pour que je leur remette les pierres. Mine m'a rejointe et nous les avons regardés s'éloigner…

… un sourire au coin des lèvres.

— Tu penses qu'ils ont compris la supercherie ? me demande la jeune fille.

Le cœur en liesse, je ne peux m'empêcher de repenser au moment où j'ai fait tomber dans le coffret deux petits cailloux noirs ramassés dans la cour une seconde auparavant.

— S'ils s'en rendent compte, il sera déjà trop tard ! je m'exclame.

Et nous rions sans pouvoir nous arrêter, juste à l'idée des expression déconfites de la marquise et du vicomte quand ils s'apercevront que je les ai doublés.

Au moins, aucun innocent ne sera incriminé : Pernette aura été depuis longtemps disculpée et, quant à moi, je serai loin.

— Mine ! Orphéa !

Les contours de Molière et de sa troupe se découpent sur le ciel noir, derrière nous. L'artiste nous hèle et nous accourons aussitôt, rayonnantes de plaisir quand il nous annonce :

— Je vous emmène avec moi : nous nous rendons à Trianon, de l'autre côté du Canal. Le roi, la reine et quelques-uns des favoris vont embarquer, ajoute-t-il en désignant les gondoles richement décorées. Nous devons être prêts à les accueillir sur l'autre rive. Hâtons-nous !

Il nous ouvre la portière d'un carrosse aux fines arabesques. Je glisse un coup d'œil à Mine, qui exulte de plaisir, avant de m'engouffrer dans la voiture...

… et de chuter, fesses en premier, sur le carrelage dur d'un supermarché.

Devant moi, le visage d'enfant d'Octave von Strudel se démultiplie sur des dizaines d'écrans de télévision. Les lumières blanches du magasin se déversent sur moi comme une douche froide et, à contre-cœur, je me rends compte que je suis rentrée à la maison.

— Ah bah, t'es là ! glousse Phobos.

— Papa te cherche partout ! caquète Deimos.

— Ce sera pas notre faute si
on part sans toi.

— Ouais.

Après tout, on ne change
pas une équipe qui gagne.

Chapitre 13

Où les acteurs rentrent en coulisses

BOIIING!!!

Le matelas rebondit sous mon poids quand je saute à pieds joints dessus. Je profite de l'élan qu'il me donne : à peine ai-je posé un orteil par terre que je charge tête la première !

— YAHAAA !

Sous les regards perplexes de mes peluches en vrac sur le lit et de ceux, plus indifférents, des artistes de rock qui m'observent depuis leurs posters, je me précipite sans réfléchir. Ils vont voir ce qu'ils vont voir. Je slalome entre les tas de vêtements sur le sol, prends appui contre l'étagère à trophées et tente un salto arrière pour traverser la pièce en un seul bond.

Je me réceptionne à deux pas de la porte, échevelée mais pas peu fière...

... TROP TARD !

Je vois les deux têtes blondes de Phobos et Deimos s'évanouir dans le couloir.

Entre leurs mains, le clou de ma collection : les figurines d'Aneka, Okoye et Ayo, les trois plus grandes guerrières de Wakanda dans *Black Panther* ! Puisque, apparemment, elles sont *superbelles* (je cite), les jumeaux ont décidé que ce serait *super-cool* de jouer avec.

Je ne suis pas d'accord.

ELLES. SONT. SUPER. RARES. OKKK???!

— SPHYNX ! je crie par-dessus mon épaule. À l'attaque !

En deux temps, trois mouvements, mon chat surgit d'entre les peluches, s'étire dans une posture chasseresse... et me regarde avec le plus grand dédain. Ses immenses yeux jaunes semblent même hilares, malgré mon dépit. Moqueur, il me regarde m'élancer à la poursuite des deux infâmes brigands.

Merci, Sphynx ! Je te revaudrai ça !

La seconde d'après, je suis dans le couloir. J'entends les rires des jumeaux se répercuter contre les murs, mais aussi... NON ? Je crois également percevoir le bruit glaçant de deux figurines qui s'entrechoquent. Je suis certaine que Phobos et Deimos les font se battre !

Enfer et damnation ! Ils vont les abîmer !

Je redouble l'allure et ne m'arrête que pour tendre l'oreille : où ont-ils encore disparu ? Leurs pépiements surexcités m'indiquent le rez-de-chaussée. Je plonge donc dans les escaliers et glisse le long de la rambarde, en prenant soin de ne pas faire tomber les statuettes antiques exposées dans le coin des marches. D'un saut, je suis dans l'entrée...

… mais plus aucun signe de mes petits frères.

J'inspire profondément et tente de reprendre contenance.

Sphynx, quant à lui, descend les marches avec la nonchalance d'une star de cinéma sur un tapis rouge. Le traître ! Il est curieux de me voir en découdre avec Phobos et Deimos ! Qu'à cela ne tienne : je peigne mes cheveux avec les doigts et éponge élégamment la sueur qui a perlé sur mes tempes. Je dois être parfaite devant Papa et Maman, sans quoi ils vont s'apercevoir que j'en ai après les jumeaux – et c'est encore moi qui serai punie.

Je m'engouffre par la double-porte de la vaste cuisine. L'îlot central est baigné de lumière estivale : une large porte-fenêtre donne sur la terrasse, où une table de jardin côtoie des chaises longues

abandonnées au soleil. Je reconnais la silhouette de Papa malgré le contre-jour : il s'affaire sur le plan de travail et son grand couteau cisèle du basilic avec régularité. Je reconnais l'odeur de l'été : melon, tomates et mozzarella, huile d'olive et citronnade.

Papa, dans son petit tablier jaune et bleu, frétille devant sa planche à découper. Les notes à la fois douces et mélancoliques de la *Sodade*, de Césária Évora, parfument l'atmosphère d'un bonheur impalpable. C'est l'une des chansons préférées de Papa, alors sa mélodie représente toujours pour moi des moments de complicité fugace.

— Tu mets la table, trésor ?

Papa lève les yeux du basilic et un sourire se dessine entre les poils roux de sa barbe parfaitement coupée. Ses doigts dansent sur le plan de travail, dans une valse synchronisée, et les plats se remplissent comme par magie. J'en oublie presque mes figurines, quand soudain...

— ... non, non. Vous ne comprenez pas !

Maman arrive dans la cuisine, uniquement précédée des *clac ! clac !* de ses talons sur le carrelage. Robe crayon et chignon haut, elle jongle avec deux smartphones. Écartant l'un de ses interlocuteurs d'un geste de la main, elle me fait signe et murmure un *coucou-chérie-ça-va-j'arrive-tout-de-suite* de son ton de femme d'affaire.

Elle reprend le téléphone comme si de rien n'était, puis l'autre :

— Non, c'est une pièce unique : une épingle Lalique, rendez-vous compte !... allô ? Oui, Gustavo, vous ne pouvez pas inviter le doyen de la faculté sans prévenir sa fille... non...

Maman s'éclipse dans le salon et tire la porte coulissante derrière elle, l'un de ses portables à bout de bras tandis que l'autre tient entre son épaule et son oreille. Entre son travail de chercheuse, sa collection d'objets d'art et ses événements mondains, elle a beaucoup trop de choses à organiser pour n'avoir qu'un smartphone !

Et encore : là, on est dimanche !

Bip ! Bip !

OH, NON !

Bip ! Bip !

— Heuuu… je peux sortir de table ?

Caché entre mes genoux, mon InstaCorps émet une sonnerie étouffée.

Heureusement, grâce à FIP Radio et à ses morceaux de jazz qui tournent en boucle, personne n'a entendu. Le concert des couverts s'interrompt. Maman tapote les coins de sa bouche rouge de sa serviette et Papa toussote, tandis que Phobos et Deimos échangent un regard complice.

— Une envie pressante ?

Dans le cerveau bien compartimenté de Papa, rien d'autre ne pourrait justifier qu'on déroge au sacro-saint déjeuner du dimanche (et, qui plus est, *l'été !*). C'est le seul moment de la semaine où les portables sont interdits pendant le repas – et même Maman s'y tient !

Après une réponse éloquente de ma part (à base de *ahem* et de *oui-oui*), je m'esquive et rejoins ma chambre. Contente d'y retrouver Aneka, Okoye et Ayo saines et sauves (je les ai finalement arrachées à leurs ravisseurs), je ne prends cependant pas le temps de les remettre à leur place : je saute aussitôt sur mon lit, saisis Totoro au passage et prends l'appel de Fitz.

Sur l'écran rond de mon InstaCorps, sa figure me paraît étrangement orange. Je me demande si c'est un effet des lumières de son bureau ou s'il a encore abusé de l'autobronzant. Il est cerné par au moins six ordinateurs

(ou, en tout cas, c'est ce que le cadre restreint de mon faux miroir de poche me permet de voir). Sur leurs moniteurs aux proportions gigantesques se déroulent des lignes de codes, en vert sur noir, qui nimbent ses cheveux gominés d'une lueur surnaturelle.

— ... SFX va passer, oui, dit Fitz à une personne qui n'apparaît pas dans mon champ de vision, avant de se tourner vers moi : Ah, Orphéa ! Alors, est-ce que tu as pu m'avoir un autographe ?

— Un, heu, quoi ?

— Oh, non ! se plaint-il face à mon air circonspect. Je croyais t'avoir demandé quelques signatures... pour ma collection ! Ça aurait apporté une belle plus-value à l'ensemble.

Il agite son numéro de *Époques* sous mon nez, comme si ça expliquait tout, et le bruissement des pages froissées ressemble fort à un murmure indigné. Fitz est un véritable obsessionnel : il y a quelque temps, il s'est mis en tête que le papier était voué à disparaître et s'est alors mis à collecter tous les magazines qui lui tombaient sous la main. Sa nouvelle lubie ? Les revues historiques de tout acabit – qu'il veut à présent habiller d'autographes, apparemment...

— Bon, ce n'est pas grave, ponctue-t-il en se rapprochant de l'écran. Essaie d'y penser, la prochaine fois ! Parlons peu, parlons bien : tu as rendez-vous demain avec S-07.

Encore lui ! S-07 est déjà celui qui a récupéré le Cristal d'Osiris à la suite de ma mission en Égypte. Non pas que ça m'embête de le voir, mais entre son long imper, ses lunettes de soleil et son chapeau d'Inspecteur Gadget, il ne passe pas vraiment inaperçu !

Je ne dis rien, cependant, car il faut bien que les cristaux soient mis en sécurité.

Mon regard coule machinalement vers le ventre de Totoro. Là, au cœur de son rembourrage moelleux, je sais que se trouvent les deux pierres noires qui m'ont causé tant de problèmes.

J'ignore encore ce qu'elles représentent, exactement – le C.O.R.P.S. ne m'a donné aucune information supplémentaire. Si ça se trouve, il s'agit de fossiles super rares... ou même de fragments de kryptonite ! Là, ma vie passerait officiellement de *très-cool* à *très-très-cool*.

Soudain, je suis prise de l'envie de partager mes impressions avec Fitz :

— Tu sais, ces cristaux sont quand même étonnants.

— Ah oui ? marmonne-t-il en fronçant les sourcils au-dessus d'un autre écran.

— Oui ! On dirait qu'ils représentent vraiment quelque chose de fort pour les gens que j'ai rencontrés. En Égypte, la famille de Fès pensait que le Cristal appartenait au mythe d'Osiris et qu'il renfermait le pouvoir de faire ou de défaire des rois. Et, à Versailles, c'était presque ça aussi : on les pensait capables de guérir n'importe quelle maladie, même la plus étrange.

À cette pensée, un doute m'assaille.

— Dis, j'ajoute après un temps de réflexion. Tu ne crois pas que c'est mal, ce que je fais ?

— Mal ? s'exclame Fitz en relevant enfin le nez de son autre ordinateur. Pourquoi *mal* ?

— Je ne sais pas. Évidemment, les cristaux sont de simples pierres, dénuées de la moindre magie… mais quand même ! Ça ne te fait pas rien, qu'ils soient sacrés pour tous ces gens ?

— Orphéa, le C.O.R.P.S. ne te détacherait pas en mission si ce n'était pas absolument crucial que tu récupères ces pierres. Alors, peut-être qu'elles sont extrêmement précieuses, mais tu ne penses pas que l'avenir de l'humanité est une excuse suffisante ?

La pointe de culpabilité que je ressens au fond de mon estomac se contracte et puis, à mesure que l'idée fait son chemin dans ma tête, je me rends compte que Fitz a raison. Ces petits cailloux de rien du tout sont une menace, c'est certain ! Sans quoi, quel intérêt aurait le C.O.R.P.S., une organisation d'ordre intergalactique, à les récupérer et les mettre en sécurité ?

Mes doutes s'envolent à tire d'aile et je me sens bien plus légère.

Les visages de Mine et Pernette s'imposent alors à mon esprit.

Qu'auraient-elles pensé de tout ça ?

Je ne peux réprimer un sourire en pensant à elles. Pernette était si gentille et Mine si drôle ! Elles n'ont pas hésité une seule seconde avant de m'accueillir chez elles quand elles ont vu que j'étais seule et perdue. L'amour, le respect et la fierté qui lient la mère et la fille m'ont vraiment émue et j'espère de tout cœur que Pernette pourra se remettre de toute cette aventure.

Un jour, qui sait, peut-être que je les reverrai !

— Qu'est-ce qui te fait sourire comme ça ? me demande alors Fitz, les yeux pétillants.

Il ne m'en faut pas plus pour perdre mon expression béate immédiatement.

Contrairement à la dernière fois, je ne prends même pas la peine de négocier avec lui : *Môssieur* m'a bien fait comprendre que si je voulais retourner dans le passé pour l'instant, ça me coûterait un bras, une jambe et la peau des deux fesses. Mais d'ici quelques années, peut-être que toute la technologie transtemporelle aura évolué ?

— Quoi qu'il en soit, reprend Fitz en tapant sur son clavier à la vitesse de l'éclair, la team géolocalisation vient de nous faire parvenir une note de service. C'est pour ça que je t'appelle.

Entre les cliquetis des touches, ma protestation meurt dans ma gorge.

QUOIII ?

— ... quoi ?

— La team géolocalisation ! Ils ont découvert l'emplacement de nouveaux cristaux.

Désespérée, croyant que j'allais pouvoir enfin me reposer, je regarde Fitz droit dans les yeux. Une fraction de seconde, je crois encore que ça suffira à annuler ce qu'il vient de dire...

... mais non.

Au-delà de l'écran, il me montre l'emplacement spatio-temporel de ma nouvelle mission.

— Bon, je soupire, j'imagine qu'il va me falloir un casque à cornes.

BONUS !

Où l'on te donne des informations en plus sur Versailles au temps de Louis XIV

(la vérité, rien que la vérité !)

Louis XIV

Devenu roi à cinq ans, après le décès de son père, Louis XIV règne sur un très vaste territoire grâce à l'alliance de deux des plus puissantes familles d'Europe : **Bourbon** (France et Navarre) et **Habsbourg** (Empire d'Autriche).

Cependant, beaucoup de gens convoitent le pouvoir détenu par ce petit garçon : entre son oncle, le duc d'Orléans, et le **cardinal Mazarin**, successeur de Richelieu, bien des tensions entourent les premières années de son règne. Ainsi, malgré la protection de sa mère, Louis XIV doit rapidement faire face à la **Fronde**.

Il n'a encore que 12 ans lors de cet événement décisif, au cours duquel la noblesse se révolte contre la monarchie et tente d'affaiblir le pouvoir royal. Le roi est alors physiquement menacé et retenu prisonnier, ce qui va façonner sa politique. En effet, après que la rébellion a été écrasée, on assiste au renforcement de **l'absolutisme** : le roi ne fait plus confiance aux nobles et il cherche par tous les moyens à les rendre dépendants de son autorité.

Versailles

Au départ, le château de Versailles n'est qu'une modeste demeure et n'est utilisé que lorsque **Louis XIII** sort de Paris pour ses parties de chasse. C'est un endroit étroit et entouré de marécages : on n'y dort presque jamais !

Le roi commence lui-même les **travaux d'agrandissement**, car il a envie d'un lieu où se reposer, mais c'est son fils qui en fait le palais majestueux que l'on connaît. Après la **Fronde**, le jeune roi décide en effet de s'éloigner de Paris et entreprend des rénovations sur plusieurs années.

C'est en 1660, soit 13 ans avant le début de notre aventure, que commence le projet d'aménagement. Cependant, les détracteurs de Louis XIV sont nombreux : le choix de l'emplacement est critiqué par certains nobles, qui ne comprenaient pas que le roi délaisse le **palais du Louvre** à Paris. Le château de Versailles devient pourtant la résidence royale en 1682.

Quant à la **Grotte de Téthys**, elle détient une place centrale dans les jardins, car elle sert également de réservoir d'eau ! Célébrée par de nombreux poètes pour sa grande beauté, elle a malheureusement été détruite en 1684, lors de la construction de l'aile Nord du château.

Médecine

La maladie qui frappe les courtisans de Versailles, dans le roman, est une invention ! Cependant, cela ne veut pas dire qu'on ne tombe jamais malade, au contraire, et il n'existe pas encore d'antibiotiques. Au XVIIe siècle, on croit encore beaucoup aux **théories humorales** de la Grèce antique : on pense que les humeurs (le sang, le phlegme, la bile et l'atrabile) doivent coexister en parfait équilibre pour maintenir le corps en bonne santé.

Une maladie, pour les médecins de cette époque, résulte toujours d'un manque ou d'un excès de l'une des quatre **humeurs**, et le but du traitement est alors de retrouver un équilibre sain. C'est pour cette raison, par exemple, que l'on pratique des **saignées** ou que l'on place des sangsues (afin de réduire la présence du sang).

Il faut savoir que, lors des travaux de Versailles, les ouvriers étaient souvent atteints de **paludisme**, une maladie qui se développe particulièrement autour des marécages. Un seul remède a permis d'endiguer ce mal :

le **quinquina** (ou quinine), une plante venue d'Amérique du Sud.

Molière

« Molière » est en réalité un nom de scène : cet auteur que l'on étudie tous à l'école s'appelle en réalité **Jean-Baptiste Poquelin**. Il est né dans une famille de marchands parisiens, qui travaillaient dans... la tapisserie ! Et oui, comme Pernette !

Il est l'auteur de plus de trente pièces de théâtre, des comédies qui étaient parfois entrecoupées d'intermèdes chantés et dansés. Avec sa troupe, **l'Illustre Théâtre**, il quitte Paris et sillonne tout d'abord les routes de province. Revenu à la capitale après 12 ans d'itinérance et donne, en 1658, sa première représentation devant le roi **Louis XIV**.

Avant d'être auteur, Molière était surtout acteur, car le concept même d'auteur était très vague à l'époque : ce n'est qu'après la production des ***Précieuses ridicules***, qu'on a tenté de lui voler, qu'il publie ses pièces et obtient dès lors ce statut très rare. C'était donc un artiste complet, qui écrivait, mettait en scène et jouait ! Il a vécu sa passion jusqu'à la fin : il est décédé lors de la quatrième représentation du ***Malade imaginaire***, à l'âge de 51 ans.

D'ailleurs, il nous faut rétablir la vérité : les Grands Divertissements qui ont inspiré le roman ont eu lieu en juillet et août 1674, mais Molière est mort le 17 février 1673. *Oups !* On a un petit peu tordu le temps, nous aussi !

Préciosité

De grands mouvements littéraires sont nés au XVIIe siècle, notamment dans ce que l'on appelle justement des « salons littéraires ». Au cours de ces réunions, des gens nobles et cultivés se retrouvent pour échanger, se rencontrer et parler de littérature. C'est une forme de divertissement intellectuel, où l'on peut débattre au sujet de l'amour, de l'amitié ou de la raison par exemple !

Les salons les plus connus sont ceux de la marquise de Rambouillet et de Madeleine de Scudéry.

Cette dernière est d'ailleurs l'autrice de ***Clélie***, *Histoire romaine*, dont Madame de Mérignac lit quelques lignes lors de son propre salon ! *Clélie* est un roman précieux, c'est-à-dire qu'il est écrit dans un français très recherché et soutenu.

Les « précieuses », comme Madame de Scudéry, ont été souvent ridiculisées parce qu'on les pensait pédantes. En effet, elles utilisaient parfois des tournures de phrases trop complexes ! Cependant, Madeleine de Scudéry était une femme brillante, érudite et **féministe**.

Théâtre

De nos jours, si quelqu'un parle trop fort ou ne fait pas attention pendant une représentation théâtrale ou même un film au cinéma, on le trouve malpoli ! À l'époque de Molière, au contraire, le théâtre est un lieu très animé : que ce soit dans les **loges** (réservées aux riches) ou dans le **parterre** (plus populaire), les spectateurs viennent alors discuter et accordent autant d'importance au reste du public qu'à la scène elle-même.

Comme l'explique Mine, dans le roman, le parterre est un espace qui peut paraître débauché. Les **femmes** ont donc l'interdiction de s'y rendre, soi-disant pour leur protection. Cependant, on sait que certaines femmes y achetaient des places, quand elles n'avaient pas les moyens de payer un billet dans les loges ! **Madame Beaumer**, éditrice du *Journal des Dames* au XVIIIe siècle, portait un pantalon lorsqu'elle voulait assister à une pièce pour en faire une critique !

DÉCOUVREZ AUSSI D'AUTRES BONUS
SUR LE SITE DU POULPE !

http://poulpe-fictions.fr/bonus/

Remerciements

L'été arrive et, comme chaque été, je vais aller me balader avec mon papa au bord de la mer. Comme chaque été, il me racontera les mêmes histoires et je voudrai encore en savoir davantage – même si je connais déjà la fin. Comme chaque été, il me décrira le Portugal ancien et le Paris des 60's. Et, comme chaque été, je ferai de ma grand-mère mon héroïne.

Alors d'abord, un merci à ma Mamie José pour avoir été encore une fois avec moi pendant l'écriture de ce roman : tu resplendis toujours, dans ta robe de dix-huit ans, et ton aura rayonne. Je sais que tu le sais : tu es partout avec moi, qu'importe la ville et qu'importe le pays.

Et puis merci à mes parents, pour leur soutien inconditionnel et leur foi à toute épreuve (des fois, il m'en faut en rab). Merci à Ludy, ma première éditrice et ma première lectrice, pour avoir toujours su dire ce qu'il fallait quand il le fallait. Nous écrirons bientôt ensemble. Merci à Manon, évidemment, ma véritable éditrice et infatigable perfectionniste. Désolée si tu t'arraches encore les cheveux au moment où j'écris ces lignes.

Merci à toutes les personnes qui ont supporté mes lamentations incessantes : Mathilde et Anne-Fleur, Marion et Pierre à Paris ; Carole, Olivia et Cécile à NOLA. À Charles, je ne dis pas merci pour m'avoir traînée dans les rues de la ville au lieu de me forcer à écrire.

Mais maintenant que ce roman est fini (enfin), merci à toi, qui le tiens entre tes mains !

POULPE FICTIONS EST CONNECTÉ !

Suivez-nous sur :

NOTRE SITE : WWW.POULPE-FICTIONS.FR

FACEBOOK (ÉDITIONS POULPE FICTIONS)

Et découvrez nos vidéos

(bandes-annonces et vidéos pédagogiques)

sur YOUTUBE (POULPE FICTIONS) !

ENSEIGNANTS,

Des fiches pédagogiques
sont à votre disposition sur notre site
afin d'étudier nos romans
en classe !